RONSARD

LES FÊTES DU IVe CENTENAIRE EN VENDOMOIS

LES FÊTES DU
IVᵉ CENTENAIRE
EN VENDOMOIS

Publié sous les auspices de la Société Archéologique

A Vendôme, chez Launay & Fils, imprimeurs, 1924

LES FÊTES DU IVe CENTENAIRE
DE RONSARD EN VENDOMOIS

DE CE LIVRE

Cent exemplaires numérotés à la presse

ont été tirés sur papier

Vergé Antique Hollande

des

PAPETERIES DE FRANCE

RONSARD

LES

FÊTES DU IVᵉ CENTENAIRE

EN VENDOMOIS

VENDOME

Imprimerie Launay & Fils, 10, place Saint-Martin

1924

L E 23 janvier 1923, à une séance de la Société archéologique et littéraire du Vendomois, le nouveau président
de la Société, dans son discours d'entrée, prononçait les
paroles suivantes : « La Société devra prendre dans le
courant de cette année une initiative qui lui revient de droit et
dont les conséquences auront quelque retentissement dans le
monde des lettres. Ronsard nous appartient du fait de sa
naissance et par son choix délibéré, puisqu'il s'intitulait lui-
même « gentilhomme vendomois ». Or la date officielle de son
quatrième centenaire — je dis date officielle, parce qu'au
milieu de tant de discussions qui se sont élevées au sujet
du jour et de l'année de sa naissance, il est plus prudent de
garder une sage réserve — cette date officielle tombe en 1924.

« L'Italie célébrait hier en grande pompe le sixième centenaire de la mort de Dante. Il serait aventureux de comparer
entre eux des génies si différents. Mais ils ont sûrement
ceci de semblable, d'avoir été tous les deux les initiateurs de la
renaissance littéraire dans leur pays, non que quelques poètes
ne les précèdent, mais parce qu'aucun de leurs prédécesseurs
n'a ouvert si largement la veine de l'inspiration. Avant eux ne
coulaient que de minces filets, après eux s'épanche, en chacun de
leurs pays, un grand fleuve de poésie.

« Nous autres Français, nous ne pouvons faire moins pour
notre Ronsard que l'Italie reconnaissante n'a fait pour son
Alighieri. Et puisque le sort a voulu que le premier de nos poètes
naquit en Vendomois, il appartient à la Société littéraire de
Vendôme de prendre l'initiative de commémorer, en 1924, le
quatrième centenaire de cette naissance et d'inviter tous ceux

qui s'intéressent aux lettres françaises à le célébrer avec elle. Et j'entends bien par ces paroles accomplir un premier acte et prendre place en avant de toutes les initiatives qui pourraient se produire dans la suite. »

Sans plus tarder, le bureau de la Société s'occupait de constituer un Comité dont la présidence fut offerte à M. Barillet, député et maire de Vendôme. Informé qu'un comité analogue se fondait à Paris, sous la présidence de M. de Nolhac, membre de l'Académie française, le président de la Société archéologique annonçait à celui-ci le dessein formé par les Vendomois de célébrer le quatrième anniversaire de Ronsard en 1924. M. de Nolhac répondit par la lettre suivante :

« MONSIEUR LE PRÉSIDENT,

« Votre lettre m'a été particulièrement précieuse. Il est de toute importance que la manifestation parisienne que nous projetons concorde avec celles que préparent nos compatriotes vendomois. Cette considération a suffi pour écarter tout débat sur la date un peu incertaine de la naissance de Ronsard et pour rallier sans hésiter notre Comité à la célébration de 1924.

« Nous vous prions de vouloir bien en informer la Société archéologique du Vendomois et M. le maire de Vendôme, et d'accepter vous-même d'être inscrit sur la liste générale de notre Comité pour y représenter la liaison d'efforts que nous désirons tous. »

D'autre part un Comité local avait été formé à Couture, sous la présidence de M. le capitaine Manceau, maire. Le Comité vendomois entrait en relations avec lui et priait M. Manceau d'être l'un de ses vice-présidents.

Le Comité vendomois se trouva dès lors ainsi composé :

Comité d'honneur : MM. Pierre de Nolhac, Henry de Régnier, Gabriel Hanotaux, Henry Bordeaux, Robert de Flers, de l'Académie française ; Mme la comtesse Mathieu de Noailles ; M. J.-J. Jusserand, ambassadeur de France aux Etats-Unis ; M. Abel Lefranc, professeur au Collège de France ; M. Paul Laumonier, professeur à l'Université de Bordeaux ; MM. les sénateurs et députés de Loir-et-Cher ; M. le préfet de Loir-et-Cher ; M. le sous-préfet de Vendôme.

Comité : président, M. Robert Barillet, député, maire de Vendôme ; vice-présidents, M. le capitaine Manceau, maire de Couture ; M. le Dr Ribémont-Dessaignes, membre de l'Académie de médecine ; M. l'abbé Plat, président de la Société archéologique ; secrétaire, M. le commandant de l'Eprevier ; trésorier, M. Jean Rolland ; membres, MM. Bourgoin, Duverger et Suard, adjoints au maire de Vendôme ; Triger, président de la Société historique et archéologique du Maine ; le Dr Lesueur, ex-président de la Société des Sciences et Lettres de Loir-et-Cher ; Tirlemont, proviseur du lycée de Vendôme ; Bonnigal, Clément, le Dr Dattin, le commandant d'Huytéza, Thiollier, Vétillard, membres du bureau de la Société archéologique ; Aussenard, Berger, Lorcet.

Le Comité de Couture était ainsi composé :

Capitaine Manceau, maire de Couture, président ; M. L.-A. Hallopeau, au manoir de la Possonnière, vice-président ; M. M. Coutenceau, instituteur public à Couture, secrétaire ; Dr Poirier, trésorier ; membres, MM. le commandant de La Chaussée et Clément.

Dès lors, les deux comités, tout en gardant leur autonomie, agirent d'un commun accord, sans que leur bonne entente subit jamais la moindre atteinte. Conscients de l'importance de l'œuvre entreprise, ils décidèrent de donner tout l'éclat possible aux fêtes qu'ils préparaient, établirent un programme commun et fixèrent la date au dimanche et au lundi de la Pentecôte, 8 et 9 juin. Et c'est ainsi que le samedi 7 juin, au soir, un héraut d'armes, escorté de cavaliers, parcourait les rues de Vendôme, conviant les habitants à accueillir de leur mieux les hôtes illustres qu'ils attendaient ; et que le lendemain matin, à onze heures et demie, le Comité recevait à la gare ses invités et les conduisait au lycée où devait avoir lieu le déjeuner.

Dans ce jardin qui fleurit secrètement le cœur de Vendôme, sous ces platanes dignes d'orner les bords de l'Illissus et dont les ombrages magnifiques abritèrent tant de doctes entretiens, on vit alors réunie une élite d'écrivains tels que le Loir n'en avait jamais reçu sur ses rives. Par un privilège sans précédent, et qui honore tout à la fois Ronsard et sa ville, l'Académie française n'avait pas chargé l'un de ses membres de la représenter aux fêtes anniversaires. Elle était venue elle-même, si l'on peut dire, dans la personne de son directeur, M. Joseph Bédier, accompagné de M. Pierre de Nolhac et de M. Robert de Flers, que des liens de famille rattachent doublement à notre pays. Le gouvernement avait délégué M. Lafagette, député de l'Ariège ; l'Académie des Inscriptions et Belles-Lettres, M. Jeanroy ; la Roumanie, le prince Cantacuzène ; l'Académie belge de langue et de littérature française, M. Charlier ; la Comédie-Française, Mme Dussane et M. Gaillard. La Sorbonne était représentée par M. Brunot, doyen de la Faculté des lettres, et par M. Chamard ; le Collège de France, par MM. Abel Lefranc et Moret. Bordeaux avait envoyé M. Paul Laumonier ; Poitiers, M. Plattard ; M. Pératé venait de Versailles, M. Franchet, de Lyon et M. Cohen, de Strasbourg.

Pourtant Vendôme n'était point devenu une nouvelle Athènes ; ce parc dormant n'était point l'antique Lycée ; les habits verts en témoignaient assez, et aussi le haut bâtiment Louis XIII dont les nobles toitures et les murs de brique paraissaient à travers les arbres. Mais ne convenait-il pas, ce décor attique, pour célébrer celui qui introduisit chez nous la beauté des lettres grecques et versa dans le vin un peu âpre des anciens trouvères un peu du miel d'Anacréon ?

Ce ne fut pas cependant sous les ombrages où son fantôme eût volontiers pris son repos, mais à l'entrée même du lycée que se déroula le solennel hommage rendu par la France au poète vendomois.

Dans l'étroite rue Saint-Jacques — notre quartier latin — bordée d'une architecture assez fière, s'était groupée une foule compacte. Au premier rang les arrière-neveux de Ronsard et, tout à côté, ceux de l'autre poète vendomois, ce Musset qui n'est parisien que par hasard ; derrière eux les membres de la Société archéologique et les corps constitués. Un voile tombe, le buste de Ronsard apparaît, surmontant une inscription encadrée de pilastres Renaissance. C'est la même disposition qu'on voyait jadis à Saint-Cosme, au-dessus du tombeau du poète. Mais au lieu de parler de deuil et de cendres, elle n'évoque ici que l'immortalité.

Au même instant, Mme Dussane paraît à la tribune et, d'une voix tout à la fois vibrante et nuancée, récite quelques vers du poète. Puis la série des discours commence. M. l'abbé Plat parle au nom de la Société archéologique ; M. Barillet, au nom de la municipalité ; M. Jeanroy, au nom de l'Académie des Inscriptions ; M. Robert de Flers, en celui de l'Académie française. Le prince Cantacuzène apporte l'hommage de la Roumanie, M. Charlier celui des lettres belges, et M. Lafagette associe le gouvernement de la République à la glorification du grand poète français. Nos hôtes étrangers, parlant des liens littéraires qui unissent leur patrie à la nôtre, sont amenés tout naturellement à rappeler d'autres liens, ceux des souffrances communes, du sang versé sous les mêmes drapeaux et du commun triomphe. Leur émotion visible se communique à l'auditoire et parmi les ronsardisants si nombreux au pied de la tribune, il n'en est guère en ce moment qui n'évoque un Ronsard trop peu connu, dans les vers duquel passe un bruit d'armes et d'étendards claquant au vent, le poète héroïque de la *Harangue de François de Guise*, de l'*Exhortation au camp* et de la *Prière à Dieu pour la victoire*.

Discours de M. l'abbé PLAT

au nom de la Société archéologique du Vendomois

EN ne revendiquant d'autre titre que celui de « gentil-homme vendomois », le Père de la poésie moderne légitimait par avance l'hommage que Vendôme lui rend aujourd'hui. Et si cet hommage lui est rendu précisé-ment en cet endroit, c'est que, jusqu'en 1768, s'éleva ici « un petit bâtiment en forme de castel où il y avoit d'an-ciennes fenêtres, quelques ornements d'architecture gothique et un escalier en pierre et qu'on assuroit avoir servi de logement au poète Ronsard », sans doute quand l'approche des bandes protestantes rendait peu sûr pour le Tyrtée catholique le séjour de Croixval. Il n'existe d'autre témoin de cette tradition qu'un cahier aux feuilles jaunies conservé à la bibliothèque de la ville. Nous recueillons un souvenir ainsi prêt à s'éteindre, nous le fixons dans le marbre et le bronze et faisons de ce monument le symbole des liens qui unissent Vendôme et Ronsard. Les deux noms, à vrai dire, sont inséparables. La dette du poète envers son pays est immense, celle du pays à l'égard du poète, non moindre.

Quand la suivante qui le portait à l'église laissa par mégarde choir Perot sur l'herbe et les fleurs, c'était sans doute l'enfant qui prenait possession de la terre mater-nelle en ce qu'elle a de plus doux peut-être, un pré de septembre tout doré par l'automne, tout semé de colchiques et sur lequel les longs couchants d'arrière-saison allaient promener l'ombre des peupliers. Mais c'était surtout le sol natal qui prenait possession de l'enfant ; et les herbes souples qui, dans ce berceau de verdure, entourèrent un instant le tendre corps nouveau-né, signifiaient à merveille le subtil réseau d'influences dont la terre vendomoise devait envelopper l'âme du poète.

Il semble bien, en effet, que Ronsard ait d'abord appris à lire dans le grand livre enchaîné qui s'ouvrait à ses regards. De son aveu, il a mené jusqu'à douze ans la vie d'un petit campagnard pour qui tout l'univers se bornait au cirque de collines que forme, au pied de la Possonnière, le double val de la Braye et du Loir.

Dans ce pays de prés et de ravins, ceint de grands bois, coupé d'eaux courantes, parmi les garçons de son âge, vassaux et compagnons de jeu, il rôde et braconne toute la belle saison. Pas de sentier qu'il n'ait battu bien loin alentour de la gentilhommière, pas un bord favorable où il n'ait jeté l'hameçon, pas une source où il n'ait posé ses gluaux. Le petit Pierre apprend l'industrie champêtre. Il sait façonner des cages de jonc et des pipeaux d'aveine. Il admire le grand bouc de la ferme voisine et, sans doute, chez quelque sergent forestier, il voit un cerf apprivoisé cosser le chien de la maison. Et s'il ne rencontre pas un soir, passant à l'orée du bois, ces nymphes et ces ægipans dont il ignore encore le nom, du moins put-il apercevoir l'ombre d'un jeune chevreuil dont le front cornu se dessinait entre les branches. Nous devons à ces courses errantes les vers les plus franchement rustiques que possède notre langue, et ce qu'il y a de plus dru, de plus direct dans l'œuvre du poète, cette verve fluide et spontanée qu'on admire en ses Eglogues. C'est alors qu'il recueille ces mots vendomois, voltigeant comme des abeilles par les champs, les prés, les bois, le long des haies et des chemins creux, sur les lèvres des petits pâtres, ces mots qui semblent nés avec le paysage, comme les dryades naissaient des chênes et qu'il enchâssera dans ses vers pour la plus grande gloire de la langue française. Alors Bellerie voit se pencher sur sa face ondoyante un clair visage d'enfant qui rit et s'émerveille ; et, par un prodige soudain, une source de poésie qui ne tarira plus, jaillit en même temps dans l'âme vive et joyeuse, dans l'âme naïve et rêveuse du petit Pierre de Ronsard.

Mais ce paysage à la glèbe féconde, au roc tendre comme l'argile, aux lignes si réduites qu'une meule de paille en change l'aspect, fut profondément remanié par l'homme. Nulle part, la nature n'est plus pénétrée d'intelligence. Par elle la race agit obscurément sur ses rejetons ; et, pour que la pensée de pauvres gens, depuis longtemps retournés à la terre, puisse marquer son empreinte sur le plus fier génie, il suffit que celui-ci s'enferme encore dans une âme enfantine. D'humbles disparus exercent ainsi leur influence sur l'esprit de Ronsard et forment les racines cachées de ce grand arbre.

C'est le laboureur qui déchira la plaine et fit onduler la moisson depuis la Possonnière jusqu'au Loir.

Ce sont les vignerons qui, défrichant le coteau, préparèrent ce vin ardent et frais, subtil et pétillant, ce vin clair comme de l'eau de roche, qui rira plus tard dans le verre du poète.

C'est le carrier qui creuse le tuf et prolonge sous terre une voûte ténébreuse, pour que le petit Pierre, un jour, écartant un rideau de feuillages, se risquât, le cœur battant, jusqu'au fond de l'antre sourd et fut tout saisi par son grave silence.

Et c'est enfin le maître maçon qui donne une âme au paysage, soit qu'il élève le clocher de Couture comme un haut peuplier rigide parmi les arbres du val, soit qu'ap-

puyant au coteau un élégant manoir, il grave à ses frontons des devises latines et permette ainsi à la troupe neuvaine de joindre ses dons à ceux d'une race rustique sur le berceau prédestiné.

Mais Ronsard a reçu de la terre natale un don plus beau, l'émotion même qu'il éprouve à la revoir après une absence qui semble bien avoir duré une partie de sa jeunesse.

Enfant, il nous semble qu'il n'y a rien de plus facile que de partir. Avec les brises errantes du printemps, un appel nous vient de l'univers entier. Tous les vaisseaux qui se balancent sur les rades ont l'espoir comme pilote et Golconde pour escale. Quelle douceur d'aller là-bas ! Où donc ? N'importe où, puisqu'aussi bien tout nous attire. L'on appareillerait pour les étoiles, si, pour y conduire, il était des caravelles. Et l'on part sans regret, portant avec soi une âme que l'on croit conquérante, mais bien plus sûrement conquise d'avance. Et voici l'étrange. Si belle que soit la contrée où le sort nous mène — et pour Ronsard ce fut la mer, les montagnes d'Ecosse, les bords du Rhin — si vif que soit l'enthousiasme qu'elle éveille d'abord, une heure arrive où elle commence à moins nous plaire. Alors, trouvant en soi d'obscurs partis pris, on a vite fait de découvrir que l'on tient ailleurs et que, si l'on résiste à des beautés évidentes, c'est qu'elles ne nous parlent pas la douce langue natale. Notre regard se tourne de lui-même vers la patrie lointaine. Avant de la quitter, savais-je seulement que je l'aimais ? Nos aversions nous instruisent de nos affections. Il faut avoir été déraciné pour bien sentir ses racines.

Etrange amour qui s'avive par la perte même de son objet, qui s'accroît de l'absence, loin de s'en affaiblir ; flèche qu'on emporte avec soi en fuyant et qui s'enfonce à *mesure que l'on fuit ! Insensiblement une image se forme en nous du pays délaissé, où notre cœur contribue autant que notre mémoire et que nous enrichissons de tous les traits de beauté rencontrés sur la route. Nous lui conférons l'auréole des chers visages disparus, nous l'abritons dans le même sanctuaire; assurant ainsi à notre pensée, hors du temps et de l'espace, un asile sûr et sacré. Et d'où vient cette puissance qu'a sur nous le sentiment de notre exil terrestre, sinon de ce qu'il réveille et exalte en nous le sentiment d'un plus haut exil, celui de la patrie idéale pour qui toute âme noble se sent née et qu'elle ne rencontre jamais ici-bas ?*

Mais précisément nous croyons la rencontrer, cette patrie de rêve, lorsque, revenant un jour à notre terre natale et murmurant le vœu d'Œdipe : « O toi qui possèdes un glorieux renom, c'est le moment de le justifier », nous trouvons qu'en effet elle le justifie. Joie sans étonnement, mais délicieuse : mon pays n'est point indigne de l'image que je m'en étais faite. Le palais de nos songes s'ouvre devant nous, nous y errons à notre gré. O merveille, et c'est vraiment un palais ! Heureux mortel à qui est échue cette fortune prodigieuse de rejoindre son rêve, d'éprouver qu'il n'est point fait de nuées, mais d'une réalité concrète et vivante ! La ligne du coteau et l'odeur de la rose et le miel de la ruche sont bien tels que nous l'avions toujours pensé. Je trouve à nouveau ce que je n'avais su perdre. Je suis le pèlerin passionné de ma propre patrie, errant à la découverte de ce vieux monde si bien connu. Je le goûte d'une âme enrichie et j'admire que, ne gardant aucun mystère, il offre néanmoins tant d'attraits. Chaque pas renouvelle mon trésor d'images. Tous les sentiers ramènent à mon puéril bonheur, à cet Eldorado où nous avons vécu sans le savoir, qui n'a duré qu'un instant et ne sera jamais plus. La moindre fontaine est une onde lustrale qui lave toute la poussière du chemin, une eau de Jouvence qui rend l'illusion de la jeunesse en ravivant son souvenir. Ailleurs le choc d'un beau paysage ne se faisait sentir qu'en surface. Ici, il ébranle l'âme dans ses profondeurs, atteint en elle ce qu'il y a de primitif et qui demeure incons- cient, ce « souffle de vie qui habite la plus secrète voûte du cœur » (1). Existe-t-il un état d'âme qui favorise mieux une heureuse production littéraire ? Et quels chefs-d'œuvre, si l'on a du génie, ne jailliront pas de l'union de nos facultés dans une semblable allégresse ! Un esprit d'homme, et dans sa pleine puissance, recouvre soudain sa fraîcheur native, cette faculté presque divine de l'étonnement qui est, au dire de Platon et d'Aristote, le commencement de la philosophie et des arts. Il peut parler, il peut agir et déli- vrer de la sourde matière ses rêves d'enfant encore inexpri- més. Sources mystérieuses et parfois dès longtemps taries, belles eaux que gardent les veines les plus celées, comme vous jaillissez alors impétueusement ! Un Ronsard de retour en son pays natal, vers sa vingtième année, c'est un jeune dieu léger et bondissant et agitant son thyrse. Le murmure du vent dans les arbres, l'écho de son pas sur la route, ce sont là ses tambourins et ses flûtes phrygiennes. Une allégresse inconnue le transporte ; l'odeur des grands bois l'enivre. Il croit délirer et que toute la campagne délire avec lui.

Vaine apparence ! Son ivresse ne saurait aller jus- qu'au délire, parce que le pays qui l'inspire est modéré et que rien n'y excède. Si l'on veut que la poésie soit un enthousiasme, grâce au Vendomois l'enthousiasme de Ronsard se règle sur le rythme de la sagesse.

Et voilà le don suprême que ce pays fait à son poète et par lui à toutes les lettres françaises ! Il n'importe pas

---

(1) DANTE, *Vita nova*, II.

médiocrement en effet que le premier paysage qu'ait célébré notre poésie présente justement les qual:tés d'équilibre, de clarté, de grâce souriante qui marqueront les œuvres du grand siècle. Au lieu de Roussard mettez Rousseau (les noms sont presque les mêmes) ; mettez la montagne démesurée, accablante, au seuil de notre littérature, ce seront les gorges du Strymon qui s'ouvriront devant nous, non la noble avenue que décorent les images du Cid, de Phèdre et de Bérénice. Et les Muses refuseront de quitter les bords de Castalie pour cette Thrace inhumaine.

Ronsard ne fut point ingrat envers son pays. Si, pour embellir ses vers, il avait pillé Thèbes et saccagé la Pouille, afin d'illustrer le Vendomois, c'est la Grèce entière et sa fable qu'il y veut transporter. Il introduit chez nous au son de ses vers, la troupe des Piérides et le dieu Bacchus. Il consacre aux unes la fontaine Bellerie comme un nouveau Permesse ; il veut trouver dans le nom de la Denisière une trace du passage de l'autre à Couture. Bien mieux, il forge une haute généalogie à ses compatriotes et fait descendre ces bons Gaulois d'un prince troyen amené par les dieux jusque sur les rives du Loir. Bref, de toute cette antiquité qui vient de lui être révélée, il tente d'enrichir sa petite patrie.

Ce ne fut là qu'un beau rêve d'humaniste. Les guirlandes que Ronsard suspendait ainsi aux peupliers du val se sont fanées sans retour et, quand on parcourt ses œuvres, ne rendent qu'un vain bruit de feuilles sèches. Ce qui demeure vivant, c'est le sens que Ronsard eut de nos paysages.

Si l'on considère ces nobles statues qui brillent aux portiques d'Athènes, leurs traits semblent de tous les siècles : c'est un front, des lèvres, des yeux, pareils à ceux des mortelles. Mais le sourire est d'une déesse. Ainsi de cette contrée. Comme les autres elle est faite de terre et d'eaux. Mais l'esprit du grand Ronsard l'anime. Les lignes du terrain ont un accent qu'elle ne possèdent point ailleurs. Gâtine semble plus mystérieuse, ses verdures plus doucement murmurantes. Tant de beautés s'avivent qui, peut-être, nous auraient échappé et les défauts s'effacent. Un habile joaillier a passé par là et clivé le diamant : il brille maintenant de tous ses feux. Ronsard nous a conquis à nous-mêmes le Vendomois. C'est comme s'il avait dit : « Venez et voyez », et qu'il eût déchiré un rideau ou que nos yeux se fussent illuminés soudain. Il a joint à la beauté du pays tout le charme de ses vers. Ses stances chantent dans toutes les fontaines, ses rimes font écho dans tous les antres, sa lyre, comme une harpe éolienne, frémit partout dans la brise.

Tel est le don que Ronsard a fait à son pays. En peut-on rêver de plus magnifique ? C'est un privilège de notre race que quelques-uns de nos écrivains et de nos poètes aient attaché à leur petit coin de terre une gloire universelle. Gœthe n'a point illustré la Hesse, ni Shakespeare le comté de Warwick. Ils n'ont rien rendu, faute sans doute d'avoir rien reçu. Mais ce que Shakespeare n'a su faire pour les bords de l'Avon, Gœthe pour ceux du Mein, Ronsard l'a fait pour les prairies du Loir. Grâce à lui, cette vallée étroite qui n'a pas dix lieues de long, est devenue l'une des patries intellectuelles de l'humanité, le pays même de la poésie. Par lui la senteur de nos roses s'est répandue dans l'univers. Au bout du monde, dans ces contrées qui n'ont point de passé ou qui n'ont pas de grâce, et que jamais personne ne chanta, il y a des hommes qui se tournent vers le Vendomois et évoquent cette contrée charmante au bruit des vers de son poète, comme il en est d'autres qui ne peuvent étudier l'architecture sans penser à nos cathédrales ; d'autres aussi pour qui l'idée de la patrie et des luttes qu'il est parfois nécessaire de soutenir pour lui conserver les frontières qui sont les lignes mêmes de son visage, rappelle nécessairement la lente rivière qui longe les coteaux lorrains et le grand écrivain que pleurent les lettres françaises.

Et voilà pourquoi, dans cette rue où Ronsard a passé, nous élevons, au-dessus d'une inscription, non pas une effigie quelconque, mais la plus vive image de son âme, celle-là même qu'il a laissée en nous quittant, ce masque d'une maigreur tragique, avec ses joues tombantes et sa tempe creuse où flotte la couronne de laurier. Il nous plaît d'ériger cette effigie, ainsi consacrée par la mort, d'en faire l'hommage reconnaissant du pays à son poète. Qu'importe que la molle empreinte laissée sur l'herbe de la prairie par le corps de l'enfant nouveau-né se soit si vite effacée ? Ces traits gravés dans un dur métal ne sauraient se dissoudre, non plus que se rompre le pacte conclu voici quatre cents ans entre Ronsard et le Vendômois. Unis dans une même gloire, ils demeurent inséparables l'un de l'autre et l'un par l'autre immortels.

Allocution de M. Robert Barillet

député, maire de Vendôme

RONSARD va trouver en ce jour de trop éminents et éloquents apologistes pour que j'ose tenter, à mon tour, d'évoquer sa mémoire et de vanter son génie.

Je craindrais d'affaiblir l'hommage que nous lui rendons.

Mais le représentant de la ville de Vendôme ne peut cependant manquer au devoir sacré de saluer le plus grand des fils de notre petite province, celui qui en chantant son fleuve, ses prairies, ses bois et ses coteaux, la rendit célèbre dans le monde entier.

Sans Ronsard, qui, loin de chez nous, connaîtrait le val verdoyant où nonchalant coule le Loir, entre « deux tertres qui l'emmurent », couverts de vignes ou boisés, ce Vendomois où l'on s'enlise dans la douceur de vivre et de rêver ?

Sans Ronsard, aurions-nous aujourd'hui l'insigne honneur de recevoir tant d'hôtes illustres, pieux touristes, amants de la Nature, disciples de la Poésie conduits à nous par la lecture d'un guide en vers qui date de quatre cents ans ?

Le Vendomois lui doit la gloire.

Comment pourrions-nous oublier envers lui notre dette de reconnaissance ?

Pour l'exprimer, j'ai voulu chercher les mots qui convenaient, mais il m'a semblé que du haut des Champs

Elyséens, notre grand ancêtre, penché sur nous, me faisait signe de me taire...

La piètre chose pour lui, en vérité, que la harangue, en mauvaise prose, d'un échevin du temps présent.

J'ai compris !

L'hommage qu'il préfère, c'est celui, messieurs, que vous allez lui rendre tout à l'heure en suivant son Loir de Vendôme à Couture, le long des rochers aux antres ouverts où demeurent comme autrefois les laboureurs et les vignerons, c'est le pèlerinage à l' « Isle Verte », à la « Possonnière », à « Gastine », face à la colline de « Trôo ».

C'est votre rêverie devant ces prairies verdoyantes où l'eau lente de la rivière va serpentant, votre rêverie et votre émotion devant ce pays que vous croirez reconnaître comme s'il était le vôtre, ce sont les strophes et les rimes qui tout naturellement vous monteront aux lèvres...

L'hommage qu'il préfère, c'est celui qui demain, dans cette rue, lui viendra du regard d'une belle fille, levé vers son buste de bronze, regard et sourire d'une moderne Cassandre ou d'une Marie, se souvenant des odes qu'il composa à la gloire de leurs aïeules...

Vous êtes venus en Vendomois, messieurs, à l'heure propice où lui-même eût aimé recevoir votre visite et vous y faire les honneurs de son pays natal.

Le printemps est à son déclin, mais les ardeurs de l'été n'ont pas encore taché de rouille la verte parure de notre vallée, et nos rosiers ont toutes leurs fleurs.

L'hommage qu'il préfère, c'est celui que nous lui apportons, ce sont ces roses que des mains d'enfant déposent au pied de ce monument, roses d'albâtre et roses de pourpre aux couleurs de notre ville, ces roses qu'il a tant aimées, et dont le parfum, comme un encens, va monter là-haut, jusqu'à lui !

Discours de M. A. Jeanroy

au nom de l'Académie des Inscriptions et Belles-Lettres

L'*ACADEMIE des Inscriptions et Belles-Lettres n'a éprouvé aucune surprise à recevoir l'aimable invitation à laquelle elle a répondu en me chargeant de la représenter à ces belles cérémonies. Et je suis persuadé que nul ne s'étonne de voir figurer et prendre la parole ici le délégué d'une compagnie vouée à toutes les formes de l'érudition et particulièrement à l'étude de nos plus lointaines antiquités nationales. Ce serait en effet bien mal connaître Ronsard que de voir uniquement en lui le rénovateur de notre poésie, et, dans un certain sens, le premier en date de nos classiques. Un livre récent, où la plus profonde érudition se pare de toutes les grâces du style (et dont je louerais plus volontiers l'auteur s'il n'était si près de moi), a révélé en Ronsard un des humanistes les plus distingués de son temps : l'auteur de*

Mignonne, allons voir si la rose

se plaisait à explorer les bibliothèques, privées et publiques, en quête d'œuvres rares ou inédites ; il penchait avec respect sur les manuscrits grecs et latins ce front que ses contemporains ne se représentaient que couronné de lauriers ; il faisait de ses textes préférés, d'une écriture appliquée de bon écolier, de belles transcriptions, dont il

*laissa en mourant tout un cahier à son vieil ami Galland,
simple principal de ce collège de Boncour où il passa
quelques-uns des derniers mois de sa vie. Les meilleurs
érudits de l'époque le considéraient comme un des leurs :
un jour que les professeurs du Collège Royal eurent à
pourvoir à la vacance d'une chaire de grec, ils invitèrent
spontanément Ronsard à apprécier avec eux les titres
des candidats ; et voilà comment nous trouvons sa signa-
ture à côté de celles du médecin Duret, du philosophe
Charpentier, de l'helléniste Lambin, au bas d'un procès-
verbal retrouvé par M. Abel Lefranc et précieusement
conservé dans les archives du Collège de France. Il était
donc un peu de cette maison, si proche parente de la nôtre.
Et de la nôtre, si elle eût existé, il eût été sans doute,
comme aussi d'une autre plus illustre, qui a voulu être
ici représentée.*

*Il eût suffi pour le faire accueillir avec empressement
dans l'une comme dans l'autre des deux compagnies, sans
parler de ses titres plus éclatants, du profond, de l'ardent
amour qu'il professait pour notre langue. Rappellerai-je
cette virulente sortie contre les latiniseurs attardés :
« C'est un crime de lèse-majesté d'abandonner le langage
de son pays, vivant et florissant, pour vouloir déterrer je
ne sais quelle cendre des anciens » ? Et cette pressante
exhortation qu'il adressait, sur ses vieux jours, en guise de
« testament », à ses jeunes disciples. « Mes enfants, deffen-
dez vostre mère de ceux qui veulent faire servante une
damoiselle de bonne maison... Il y a des vocables qui
sont françois naturels, qui sentent le vieux, mais libre
françois... Je vous recommande que vous ne laissiez
point perdre ces vieux termes, que vous les employiez et
deffendiez hardiment, contre des marauds qui ne tiennent
pas élégant ce qui n'est point escorché du latin et de
l'italien ». Joignant l'exemple au précepte, il s'est plu à*

rappeler à la vie ces nobles et gentils vocables dès lors vieillissants. Ses guerriers, comme ceux du moyen âge, sont couvert de la targe, armés du brand d'acier ; ses bergers jouent de la chalemie ; il nous montre le bélier poussant de la corne le crouillet de l'huis, la déesse Flora portant un coufin plein de fleurs, et la simplette Marie, la gracieuse angevine de quinze ans,

> ... de sa main délicate
> Filant dougéement quelque drap d'escarlate.

« Dougé, *nous dit Belleau, commentant ce passage, mot d'Anjou et de Vendomois, propre aux filandières qui filent le fil à leur fuseau, ténu et menu.* » Les mots qu'il affectionne entre tous en effet, ce sont ceux que, tout enfant, il a entendus sur les lèvres des paysannes de Couture ou de Bourgueil, comme astelle, bers, trépiller et qui communiquent aux vers où il les enchâsse je ne sais quel pénétrant parfum de terroir. Vous le voyez, Ronsard académicien n'eût pas été seulement l'arbitre des concours de poésie, il eût fait partie de la Commission du Dictionnaire.

Il serait bien intéressant de savoir quels sentiments eût éveillés en lui la poésie à laquelle cette langue avait servi, trois siècles plus tôt, de franche et naïve expression. Curiosité, sympathie ? A coup sûr. Admiration ? Peut-être. Ne nous méprenons pas en effet sur le sens de cette tranchante devise, où se trahit la superbe présomption de la vingt-cinquième année : « Style à part, sens à part, œuvre à part ». Ce qu'il écarte ainsi d'un geste dédaigneux, c'est le joli babillage de Marot, les pointes à l'italienne de Saint-Gelais, les énigmes alambiquées de Maurice Scève et d'Heroël ; c'est surtout la pédantesque et creuse boursouflure des rhétoriqueurs, c'est-à-dire un moyen âge tombé en enfance, ou de maladroits essais de renouvellement. Mais il semble qu'il ait eu la vague intuition *d'œuvres plus simples et plus fortes, qu'il eût eu sans doute plaisir à connaître. Il se plaisait à feuilleter « les vieux romans d'Artus, de Gauvain et de Lancelot », dont il souhaitait — encore une préoccupation d'érudit ! — que l'on fît un glossaire. Il avait entendu parler*

De Roland, de Renaud, de Charlemagne aussi...

qu'il nomme à côté des guerriers de son temps, dans son Hymne à la France. *Que n'a-t-il pu voir s'animer ces majestueuses silhouettes dans les vers des chansons de geste, vers rudement martelés sans doute, mais si pleins et si forts, dont l'écho semble parfois retentir dans ses* Discours sur les Misères du temps. *Ce bonheur faillit lui échoir : il côtoya en effet, vers 1560, chez Michel de l'Hôpital, un autre protégé de l'illustre chancelier, ce Claude Fauchet qui, vingt ans plus tard, trop tard, hélas ! devait découvrir quelques lambeaux de notre plus vieille poésie aux mignons de Henri III, aux lecteurs de Desportes, dans un livre, au reste bien indigeste, que Ronsard ne paraît pas avoir connu. Si cette révélation lui eût été faite au temps de cette longue et douloureuse gestation de la* Franciade, *alors qu'il portait sur les épaules « le faix de soixante-trois rois », cherchant avec angoisse un héros égal à Enée ou Achille, peut-être eût-elle élargi sa conception si mesquine du poème épique, peut-être l'eût-elle aidé à se libérer de cette emprise gréco-romaine où il étouffa ; peut-être — qui sait ! — au lieu de ce chétif pastiche de l'Enéide, aurions-nous eu quelques scènes, quelques épisodes au moins rappelant* la Chanson de Roland *et faisant pressentir* la Légende des Siècles. *Mais il était écrit que le XVIᵉ siècle, pas plus que les deux suivants, ne verrait éclore ce chef-d'œuvre tant attendu, ce « long poème », héroïque et national, qui avait été la suprême ambition de la Pléiade et de son chef.*

Mais celui-ci a d'autres titres à notre admiration, que nul ne songe plus à contester : Ronsard, en dépit de ses lacunes, reste, comme l'a dit un de ses récents critiques, «une des grandes statues de notre littérature». Au pied de cette statue, je suis fier de venir, avec mes collègues mes confrères et tous les amis de la poésie et de l'art, déposer ce fervent et pieux hommage.

Discours de M. le marquis Robert de Flers
au nom de l'Académie française

Mesdames, messieurs,

*D*ÈS *le matin que l'aube safranée*
A du beau jour la clarté ramenée...

... nous nous sommes mis en route pour venir devant les horizons qui lui demeurent fraternels, célébrer, au nom de l'Académie française, l'un des plus grands et des plus délicieux poètes de notre race qui, quoi que nous en ayons, vous appartient, messieurs, un peu plus qu'à nous-mêmes. Si, d'aventure, nous apercevant tout à l'heure, alors que nous quittions Paris en ce costume « verdelet » et qui, à vrai dire, n'est pas du tout « nouvelet », un passant malicieux nous avait demandé pourquoi nous nous promenions en un tel appareil, nous lui eussions répondu avec une courtoisie que le sentiment de porter au côté une épée innocente eût rendu plus aisée et plus agréable : « Nous allons saluer, et, comme il disait « bonneter » Pierre de Ronsard, gentilhomme vendomois, dans le pays qu'il préféra, non seulement parce qu'il y naquit, mais aussi parce que son génie se forma à sa ressemblance, plein de richesse et de mesure, de parure et de simplicité. »

Parmi les trois académiciens qui sont venus aujourd'hui assister à cette cérémonie, il en est deux qui auraient toute qualité pour parler et un troisième qui aurait toute qualité pour se taire. Or, il se trouve, par un de ces jeux académiques où le paradoxe et la tradition sont depuis longtemps habitués à se faire l'un à l'autre de vénérables concessions, que c'est ce dernier qui doit prendre la parole en présence des deux autres. Je dois en faire publiquement mon excuse à M. Pierre de Nolhac, l'historien de Ronsard, son commentateur et pourtant son confident, son confrère et pourtant son ami et qui, avec la plus pieuse des curiosités, a su obtenir de lui, trois cent cinquante ans après sa mort, l'aveu de ses derniers secrets. Et je songe aussi au bel éloge qu'aurait composé M. Joseph Bédier qui restitua à notre émotion renouvelée les amours de Tristan et Iseult et qui aurait si heureusement glorifié le poète de Cassandre, de Marie et d'Hélène, dont les légers fantômes flottent sur la lisière de la légende et de l'histoire. Aussi bien, le temps m'étant compté, car l'ombre de Ronsard nous attend dans les cadres que, vivant, il habita, il me sera permis d'adresser à sa mémoire, au lieu d'un long discours, un simple hommage.

Ronsard ! tout un monde de beautés, de grâces, d'enchantements ; tous les sortilèges du rêve et toutes les séductions de la réalité ; toutes les promenades amusées ou pathétiques à travers la vie où la colline, soudain, devient calvaire ; toutes les tempêtes et toutes les embellies, l'orage et l'arc-en-ciel ; les propos de la cour et de la ville, les menues intrigues, puis les grands soucis : la Religion, le Roi, le Peuple ; l'apaisement des champs, le murmure des forêts qu'il entend si mal, mais qu'il devine si bien ; les grandes amours qu'il croit éternelles, qui ne le sont point, mais dont le souvenir traverse les âges, car la poésie est plus fidèle que les poètes ; l'angélus du clocher donnant le signal aux danses des sylvains et des oréades, endormis sur « l'herbette perleuse », la dryade se réveillant au pied du chêne qui abrite Marie et l'Enfant divin ; les livres préférés médités sous les ombrages chéris ; toute la nature, et toute la fiction, oui, tout un monde : Ronsard ! Et par-dessus tant de sentiments, de sensations, de joies, d'espoirs, d'angoisses, de craintes et de foi, le grand amour magnifique et ordonné du pays qui est le sien, qui est le nôtre, et qui ne serait pas tout à fait la France si Ronsard n'y était pas né. Comment l'aimer mieux, ce pays, que dans son langage ? Comment mieux le servir qu'en faisant ce langage plus noble, plus haut, plus divers, plus capable d'exprimer ses gentillesses comme ses enthousiasmes, ses colères comme ses sourires ? Ainsi en décida Pierre de Ronsard, qui malgré ses doutes passagers, savait bien qu'il était, en quelque sorte, le messie promis aux Muses et que lui seul pourrait, d'une main savante et familière, reformer leur ronde dénouée.

Il est vrai que Théodore de Banville estimait que « ni les Homère, ni les Dante ne font leur programme ». Ronsard, néanmoins, fit le sien et c'est, peut-être, ce qu'il y a de plus rare dans son destin que malgré le tumulte de son génie, une sagesse clairvoyante, moitié déesse, moitié mortelle, moitié amie, moitié amante, n'ait cessé de le guider. Cette sagesse-là, si j'ose dire, savait son métier — et son poète. En aucune occasion elle ne se servit pour le conseiller d'un mot de sévère réprimande ou de prudence inutile, mais d'une voix, tantôt grave et tantôt légère, selon le jeu des saisons, elle lui murmurait un vieux texte, un mot harmonieux, un proverbe, un beau vers, une chanson. Ainsi le conduisit-elle à travers la forêt païenne, repeuplée de ses hôtes bondissants, entre les jardins où les arbres, les taillis et les massifs, inquiets de leur désordre, se préparaient déjà à s'aligner à la française. Dans cette grande aventure, chaque jour recommencée, Pierre de Ronsard ne connut ni hésitations, ni défaillances. Enflammant ses amis de la « Brigade », recevant d'eux, à son tour, l'aide dont il avait besoin pour continuer son lumineux effort, contraignant à une discipline commune le labeur et l'inspiration, prenant tantôt la voix tonnante d'un apôtre, tantôt la voix modulante d'un berger, Pierre de Ronsard parvint, non seulement, comme l'a dit Sully Prudhomme, à rendre leur immortalité aux dieux, mais aussi leur humanité aux hommes. Une humanité, selon son cœur et son esprit : sensible, mobile, accueillante, élargie et à laquelle collaboraient, dans le rayonnement de son génie, Virgile et Platon, Horace et Pétrarque.

Que serait devenu l'humanisme, s'il ne lui avait été accordé d'orner son pourpoint de cette grande fleur, tout à coup épanouie : Ronsard ! Aurait-il pu si heureusement et si sûrement former ces esprits graves et tendres auxquels rien n'est étranger de la joie de connaître et de la douceur de vivre ? L'humanisme, comment le définir ? Je n'aurais garde de m'y risquer. Je me souviens seulement que Stéphane Mallarmé, dans ses inoubliables propos, le comparait à une bibliothèque où tous les ouvrages des philosophes, des historiens et des poètes seraient assemblés et dont une fenêtre ouvrirait sur la ville, tandis que l'autre donnerait sur la campagne. Humanisme ! Humanité ! Mots si proches et dont le rapport intime révèle l'adorable voisinage de l'intelligence et du cœur, de la culture et de la bonté. Merveilleuse renaissance où se confrontent les temps anciens et les temps nouveaux, le respect ému des civilisations disparues et la ferveur exaltée de la foi nouvelle, le paganisme resplendissant de beauté, encore tout chargé d'allégresse et la sensibilité chrétienne inondant les âmes de ses ardents bienfaits. Conciliation supérieure, inimitable harmonie exigée et réalisée par la pensée radieuse des hommes qui n'entendaient point laisser la beauté mourir de vieillesse et de solitude. Une aube nouvelle éclaire de rayons et baigne de fraîcheur les vieux livres et les jeunes collines, réveille sur les sommets de l'Olympe Apollon négligé au

moment même où dans la paisible quiétude des vallées la
parole du Dieu qui console et qui pardonne, débordait de la
science des docteurs sur l'inspiration des poètes. Là-haut,
les verts lauriers ombrageant le marbre glacé des statues.
En bas, la moisson, la vigne « les roses de la vie ». C'est en
les mêlant que Ronsard composa la gerbe immortelle que
nous retrouvons après quatre siècles, sans qu'elle ait rien
perdu de son éclat ni de son parfum.

Et pourtant jamais l'œuvre du génie n'eut à courir
tant de hasards et à traverser tant d'oubli. Pendant
longtemps, l'on s'était contenté d'estimer que Pierre de
Ronsard était un gentil poète, plein de grâce et d'agrément
et que l'on pouvait, sans sacrilège, abandonner au passé.
On laissa donc sa gloire tomber dans un doux sommeil et
il y a cent ans à peine que l'on s'avisa de la réveiller. Alors,
elle apparut neuve, fraîche, reposée, comme une personne
qu'on a laissé dormir longtemps. N'avait-elle pas été,
pendant plusieurs siècles, à l'abri des querelles de lettres,
des vicissitudes de l'histoire et, ce qui n'est pas moins
précieux, à l'abri de la critique ? C'est pourquoi il lui
fut aisé de reconquérir son prestige merveilleux et de
dispenser à ses disciples la double joie si chère aux cœurs
de chez nous d'admirer le génie d'un poète et de réparer une
injustice. Ainsi Ronsard eut-il le miraculeux privilège de
voir son apothéose éclairée par des lueurs d'aurore et de
nous apparaître, dans le même temps, comme un maître
rayonnant et comme un débutant qui, encore timide, nous
offrirait son premier bouquet. Bientôt son nom, si longtemps
dédaigné, peut être opposé, à l'autre bout de notre littérature, au plus formidable des noms et Sainte-Beuve qui cassa
« l'arrêt odieux » de proscriptions, n'estimait point pouvoir
mieux célébrer Victor Hugo qu'en l'appelant « le plus
grand inventeur lyrique que la poésie française ait eu
depuis Ronsard. »

Depuis lors, toutes les écoles, toutes les esthétiques, le revendiquèrent à l'envi : les Romantiques l'acclament et lui crient : « Monsieur de Ronsard, vous êtes des nôtres ; nous avons l'honneur de vous inviter à notre prochain orage. » Les Parnassiens l'exigent et lui déclarent : « Monsieur de Ronsard, vous nous appartenez et nous vous réservons, dans notre empyrée, le plus confortable de nos bosquets. » Il n'y a pas jusqu'aux Symbolistes qui ne le protègent et ne lui disent : « Monsieur de Ronsard, visitez donc notre cénacle, et vous verrez que nous ferons quelque chose de vous. » Et Ronsard devint l'hôte de la poésie moderne qui consentit à s'apercevoir qu'elle venait d'accueillir, non pas un illustre revenant, mais le plus authentique, le plus riche, le plus généreux des ancêtres dont elle comprenait, enfin, qu'elle avait, sans s'en rendre compte, partagé l'héritage.

Désormais, il était reconnu de tous que de l'ode à l'épopée, de l'élégie au genre bucolique et élégiaque de la poésie philosophique à la poésie satirique, Ronsard occupait toutes les avenues du lyrisme. On ne lui ménagea plus ni les couronnes, ni les éditions savantes et voici que ces fêtes sont pour sa mémoire une nouvelle consécration. Il les eut aimées, car il avait le goût de la cérémonie et parce qu'elles sont célébrées dans ce pays auquel toute sa vie fut liée fidèlement, tendrement. Sa gloire nous y apparaît magnifique et point solennelle ; c'est une gloire sans apprêts et sans contrainte ; c'est une gloire en vacances. Tout nous la rappelle. Elle resplendit, dans les cadres qui lui furent familiers : La Possonnière, Couture, la forêt de Gâtines, où il fit grande guerre aux bûcherons, l'Isle Verte, où il choisit la place de son sépulcre, la Fontaine Bellerie, les rives du Loir aussi paresseuses à suivre son cours que Marie l'était à se lever, Bonaventure, Trôo, Lavardin, autant de pèlerinages où nous évoquons, plus aisément que dans le bruit d'une grande ville, l'âme intime du poète. A tous les relais de sa vie agitée, il est venu y demander conseil aux sources et aux bois. Peut-être, sont-ce vos horizons bienveillants et, suivant le caprice du ciel, si accueillants à la gaieté ou à la mélancolie, qui, dès l'enfance, l'inclinèrent vers la poésie ? Son père voulait l'en détourner, ne se souciant guère de voir un cadet tomber dans la littérature. Il est vrai qu'avec une naïveté charmante, il n'hésitait pas, pour l'en éloigner, à lui écrire en vers. C'est dans vos prairies, et dans vos clairières que le petit Ronsard prit le goût des exercices du corps où il excellait « étant le mieux appris, fût à danser, lutter, sauter ou escrimer, fût à monter à cheval et le manier ou voltiger. » Nul ne l'égalait encore à ce jeu de ballon au pied et au poing, qui n'avait pas attendu, pour être français, de recevoir un nom anglais. C'est à Blois, un jour d'avril, qu'il rencontra Cassandre, dont les quinze ans l'éblouissent au point qu'il ne sait pas au juste si elle est brune ou blonde. Et lorsque, trente ans plus tard, Hélène le désespère, lorsqu'il comprend qu'elle ne l'aime point « sinon pour avoir ses chansons », c'est à son pays qu'il vient conter sa peine, et il dédie à l'ingrate, dans la vallée de la Cendrine, non loin du prieuré de Croixval, la fontaine qu'il charge de perpétuer son souvenir :

> Lune, qui as ta robe en rayons estoillée,
> Garde ceste fontaine aux jours les plus ardans,
> Défens-la pour jamais de chaut et de gelée,
> Remply-la de rosée et te mire dedans.
>
> Advienne après mille ans qu'un Pastoureau desgoise
> Mes amours, et qu'il conte aux Nymphes d'icy près
> Qu'un Vendomois mourut pour une Saintongeoise
> Et qu'encor son esprit erre entre ces forests.
>
> Fontaine, ce-pendant de ceste tasse pleine.
> Reçoy ce vin sacré que je verse dans toy :
> Sois dite pour jamais la Fontaine d'Hélène
> Et conserve en tes eaux mes amours et ma foy.

C'est ainsi que Pierre de Ronsard en toutes occasions, que ce soit la joie ou la douleur qui les lui offrît, se plaisait à se souvenir qu'il était Vendomois. Peut-être sentait-il que le goût parfait de vos paysages où toutes choses s'harmonisent et jamais ne s'exagérent, lui donnait sans cesse une leçon silencieuse et l'éloignait de l'afféterie et de la préciosité qui, parfois, l'attiraient pour le ramener doucement dans le « giron de nature ». Pierre de Ronsard fait songer, en effet, à un horticulteur de génie qui se serait avisé, certain jour, de mettre la Poésie française en serre chaude, mais qui, une fois les fleurs épanouies à son gré, nuancées à son désir, les aurait remises en bonne terre naturelle, afin que le soleil les réjouît de sa lumière et de sa chaleur et, les ayant reçues de l'artifice, les rendît à la vérité. Mais ce n'est pas tout ce que Pierre de Ronsard vous doit. C'est l'amour de sa petite patrie qui lui inspira l'amour de la grande. Le premier de nos poètes, il en comprit la mission et le destin. Nul avant lui n'avait vanté, avec autant de vigueur et d'éclat, les beautés et les richesses diverses de ses provinces :

> *Que dirons-nous ici de la haute montagne*
> *D'Auvergne, et des moissons de la grasse Champagne,*
> *L'une riche en troupeaux, et l'autre riche en blé*
> *Au vœu des laboureurs d'usure redoublé ?*
> *Que dirons-nous d'Anjou et des champs de Touraine,*
> *De Languedoc, Provence, où l'abondance pleine*
> *De sillon en sillon fertile se conduit*
> *Portant sa riche corne enceinte de beau fruit ?*
> *Que dirons-nous encor de cent mille rivières*
> *Qui arrosent les pieds de tant de villes fières ?...*
> *Là fleurit la vertu, l'honneur et la bonté.*
> *La douceur y est jointe avec la gravité,*
> *Le désir de louange et la peur d'infamie,*
> *Et tout ce qui dépend de toute prud'homie,*

Là, les pères vieillards en barbe et cheveux gris
Conduisent leurs enfants pour y être nourris,
Et pour mettre une bride à leur jeunesse folle,
Car de toute vertu la France est une école.

Apprenons-les ces vers. Redisons-les ces vers, surtout aux heures où notre confiance hésite et où notre horizon semble s'obscurcir, car leur robuste et sobre éloquence a l'efficacité d'un viatique. De même que Ronsard prit conseil de son pays, prenons conseil de Ronsard. A son exemple, travaillons de tout notre effort, si modeste qu'il soit, à l'exaltation de notre race, à la sauvegarde de son esprit, à l'ornement de sa grandeur, à la permanence de sa gloire, afin, selon la parole du poète qu' « apparaisse combien notre France est hardie et pleine de tout vertueux labeur. »

Discours du prince Cantacuzène

représentant le ministre de Roumanie

Monsieur le maire,

*D*ANS *la lettre que vous avez adressée au ministre de Roumanie, que je représente ici aujourd'hui, vous avez écrit ces mots : « Dans des vers que connaissent tous les fidèles de ce grand écrivain, Ronsard a raconté que ses ancêtres étaient originaires de Roumanie. »*

Ces vers, les voici :

> *Car mes aïeux jadis avaient tiré leur race*
> *D'où le glacé Danube est voisin de la Thrace,*
> *Plus bas que la Hongrie en une froide part*
> *Fut un seigneur nommé le marquis de Ronsard.*

C'est sur ces vers posés en bonne place dans le poème biographique où Ronsard expose ses origines que se basent les prétentions vagues, mais charmantes, que les Roumains ont à une parenté éventuelle avec les ascendants du grand poète si français de par son esprit, son lyrisme, et son art et sa vie.

C'est une légende, qu'on retrouve dans plus d'une ballade et que tout Roumain connaît depuis l'âge le plus tendre et la légende, comme les contes, c'est le fond de de l'héritage humain ; tout commence par une histoire, que les vieux racontent le soir au foyer familial, il faut des paraboles à qui veut se faire entendre et l'on a rien trouvé de meilleur que les fables et les légendes pour contenir la vérité qui se perd dès qu'on la répand.

Cette légende s'appuie sur deux versions différentes, mais, rassurez-vous, l'une comme l'autre ne nous accordent qu'une très petite part — mais de nous fort appréciée — à l'atavisme de Ronsard.

Il serait, selon les uns, le descendant en ligne directe d'un croisé vendomois égaré sur nos rives après avoir accompagné en Terre Sainte Baudoin de Flandre, gendre du Roi de France, dont il avait épousé la fille Yolande. Après l'assassinat de Baudouin, les compagnons de ce prince, errant sur les bords du Danube, le traversèrent et vinrent se fixer dans le pays roumain qu'on distingue du nom d'Olténie. Ils y firent souche, mais demeurant fidèles à la patrie lointaine, au premier appel de la France envahie par les Anglais, ils quittèrent leur foyer étranger et nous les retrouvons à la bataille de Crécy.

La seconde version qui ne diffère pas sensiblement de la première, veut que les Croisés en question ayant combattu et souffert sous la bannière de Baudouin, assassiné par les Bulgares et se méfiant à bon droit de demeurer dans le pays où leur chef avait subi un si horrible sort, s'installèrent en Valachie et y prirent femme. L'ancêtre de Ronsard aurait épousé la fille d'un de nos voïvodes et c'est par les femmes que son illustre descendant, le grand poète Ronsard, ce prince de la Renaissance, aurait eu dans ses veines quelques gouttes de sang roumain.

> *Là-bas, dans un pays lointain,*
> *Dans la capitale de la France,*
> *Les vieilles portes du Louvre*
> *Sont ouvertes pour le peuple parisien.*

. . . .

Le roi Philippe paraît ;
Il est triste et soucieux,
Il dit aux guerriers : « Nobles frères,
Jurez-moi sur vos épées
De chasser l'ennemi de notre patrie. »
Mille voix lui répondent : « Nous jurons
De rendre à la France sa liberté. »

Et voilà que dans la vaste salle
Paraît tout à coup un étranger,
Il est jeune, grand et altier,
Il a des yeux brillants et noirs.
Il va fièrement vers le Roi,
Il s'arrête devant son trône
En disant : « Je vous salue, Majesté ! »

Toute la cour s'approche vivement.
« Que voulez-vous », lui demande le Roi.
— Je suis Roumain des Carpathes
Et je vous amène des soldats
Qui sont prêts, comme moi,
A combattre et à mourir pour vous,
En défendant dans les batailles
La France et son honneur. »

Alors le Roi, tout étonné :
« Soyez bienvenu chez nous, dit-il.
Dites-nous cependant, qui êtes-vous
Et comment on vous nomme dans votre pays ?
— Je suis le Ban Maracina,
L'Olt s'incline devant moi.
— Prends mon épée en don,
Brave marquis de Ronsard ! »

.   .   .   .

*Je vous remercie, monsieur le maire, de nous avoir
convié à cette grande manifestation de paix, et de beauté,
au nom de mon pays qui a lutté aux côtés de la France, sa
grande alliée, sa noble et vaillante sœur latine.*

Discours de M. Charlier
au nom de l'Académie belge de langue
et de littérature françaises

AU nom de l'Académie de langue et de littérature françaises, j'apporte à la mémoire de Ronsard le respectueux salut des écrivains et des lettrés de Belgique.

Si je me permets d'élever ici ma faible voix, après d'autres infiniment plus dignes de son audience, c'est que — j'en ai confiance — sa grande ombre ne repoussera point un hommage qui, à défaut d'autre mérite, a du moins celui d'une ardente sincérité.

Aussi bien, ne lui vient-il pas d'un peuple qu'il ait tout à fait ignoré. Ronsard a passé par nos provinces. Le hasard d'une ambassade auprès de Marie de Hongrie l'a conduit à chevaucher par les coteaux onduleux de notre Hainaut, les vallons verdoyants de notre Brabant et la plaine flamande aux horizons indéfinis. Il n'était alors qu'un page encore adolescent. Mais déjà le hantait le démon de la poésie, et peut-être a-t-il rêvé le long de nos canaux, contemplé la dentelle de pierre de nos églises et de nos beffrois, et admiré le faste qu'étalaient nos cités, animées en ces temps par un opulent négoce, ou toutes bourdonnantes de la rumeur multiple des métiers... Du moins, un de ses plus savants biographes n'hésite-t-il pas à le penser. Mais je n'ose, à vrai dire, imiter son audace.

Il me suffit de noter qu'il avait, de notre terroir et de nos populations si variées, une idée plus nette que ne l'a d'ordinaire l'étranger, même lettré. En 1568, dans son Elégie à Nicolas de Nicolay, *il évoque ainsi les « nations prochaines » qui bornent vers le nord le domaine français :*

> *Ceux qui vont habitant les bourguignonnes plaines,*
> *Hennuyers, Brabançons, Liégeois et Flamands.*

Avec une admirable précision, il ramasse de la sorte et condense en un distique les noms des grandes principautés qui, rassemblées sous le sceptre des ducs de Bourgogne, apparaissent comme une préfiguration de la Belgique moderne.

Ces justes notions, les devait-il à ses propres souvenirs de voyage ? Il se peut bien. Mais peut-être avait-il ravivé ceux-ci par ses entretiens avec des écrivains nés sur notre sol et qui eurent l'honneur d'entrer dans son intimité. Il en est deux au moins dont il a sauvé les noms de l'oubli, rien qu'en les gravant au fronton impérissable de ses poèmes. C'est le Gantois Charles Utenhove, poète grec et latin, dont il vante, dans son Discours à Monsieur de Foix, *l'érudition et le style d'humaniste :*

> *Ton bon conseil, ta prudence et ta vie*
> *Seront chantés du docte Outhénovie,*
> *A qui la Muse a mis dedans la main*
> *L'outil pour faire un vers grec ou latin.*

C'est surtout Louis Des Masures, le poète de Tournai, la bonne ville aux trois fleurs de lys, déjà aimée de Jeanne d'Arc. Celui-ci, Ronsard l'a comblé. Il lui a dédié son bel Hymme de la Mort *et tout le cinquième livre de ses* Poèmes ; *il a préfacé d'un sonnet sa traduction de* l'Enéide ; *il lui a enfin adressé l'émouvant* Discours *où il se défend contre les accusations des protestants et où il évoque le cher fantôme de Du Bellay. Autant de témoignages d'une affection profonde, que le poète belge n'a pas manqué de lui rendre. Affection durable et que rien n'a pu briser. Car on ne l'a pas assez remarqué : alors que Ronsard ôte de ses écrits le nom de Grévin, qu'il efface les éloges accordés tout d'abord à Robert de La Haye, jamais il n'a renié son amitié pour Des Masures, qui avait cependant comme eux embrassé la Réforme.*

Mais Utenhove était, à tout prendre, un cosmopolite, et Des Masures un « déraciné ». Dans nos provinces mêmes, le maître eut des fidèles et des disciples. Parmi cette « grande flotte de poètes » qui répondirent à l'appel enthousiaste de la Brigade, il s'en trouve qui vécurent chez nous, et nul d'entre eux qui ne s'avoue l'admirateur et le dévot du nouveau Terpandre.

En 1560, un inconnu, Charles de Rouillon, publie à Anvers, chez le bon imprimeur Christophe Plantin, un Premier Livre d'Odes, que nul autre ne devait du reste suivre. Et il y proclame, avec une sincérité d'accent qui ne trompe point :

> *Mille ans se passeront*
> *Que nos enfants seront*
> *Emerveillés d'entendre*
> *La bien-disante voix*
> *Du divin Vendomois*
> *Se plaignant à Cassandre.*

Après lui, Sylvain de Flandre, dont le surnom bocager dit assez l'origine, esquisse, dans ses vers, une énumération des grands génies poétiques. Il vante Homère et Virgile, Sannazar et l'Arioste, mais, au bout de cette avenue glorieuse, et dominant tous les autres, il dresse la statue du chef de la Pléiade :

> *Leurs esprits sont passés au beau corps de Ronsard,*
> *Qui s'est récompensé d'être venu plus tard,*
> *Car, suivant leur savoir, les a bien surpassés.*

Même à la fin du siècle, son prestige s'impose encore à Claude de Bassecourt, qui a cependant pour Du Bartas une secrète inclination, et, dans un écrit théorique, il s'excuse de n'avoir point davantage cité le poète de Cassandre parmi ceux dont il invoque l'autorité, « encore, ajoute-t-il, que ce soit le Prince des autres, et que toutes les grâces de la poésie vulgaire fussent en lui rassemblées. »

Aux âges suivants, les guerres, les misères et l'oppression étouffent dans nos provinces presque toute vie de l'esprit. Mais lorsque la Belgique, enfin indépendante, entreprend de se donner une littérature digne d'elle, c'est encore le grand exemple de Ronsard qui semble la hanter : Comment, en effet, échapper à un parallèle qui s'esquisse de lui-même entre vos humanistes enthousiastes de 1550 et les lettrés que ralliait chez nous, aux environs de 1880, l'étendard de la «Jeune Belgique» ? Ils étaient les uns et les autres ivres de poésie et de jeunesse, emportés par une conviction profonde, animés d'une foi ardente en la beauté, et très décidés à faire triompher le hautain idéal qu'ils portaient en eux. En vérité, et toutes proportions gardées, la Jeune Belgique fut pour nous comme une Pléiade plus proche, mais aussi combative. Et comme pour souligner ces analogies, l'un de ces novateurs d'il y a quarante ans, Albert Giraud, rimait, en pleine bataille littéraire, une Chanson de la Pléiade où il exaltait l'ardeur joyeuse de la Renaissance, mais où il mettait aussi un peu de ses propres ferveurs et de celles de ses compagnons d'armes :

> *Pour griser les âmes dansantes*
> *Des parfums du printemps railleur,*
> *Nous fustigeons de fleurs récentes*
> *Le sein de l'antique Douleur.*
>
> *Et grâce à nous, les vieilles choses*
> *Chantant sur des rythmes nouveaux,*
> *Les aveugles verront des roses,*
> *Les sourds entendront des oiseaux !*

Ces antiques relations et ces rencontres plus récentes de vos poètes et des nôtres, tels sont, messieurs, les titres dont nous nous réclamons pour prendre une modeste part à ces fêtes de la Poésie. Mais il est une raison plus impérieuse encore, et qui justifie mieux ma présence ici. C'est le souci d'acquitter une dette. Nous devons, en effet, à Ronsard et à quelques autres, un bienfait qui ne pourra jamais égaler l'excès même de notre reconnaissance. Pour nous, perdus aux marches lointaines de la Latinité, le grand poète est un de ces héros de la pensée et de l'art en qui rayonne le clair génie de l'esprit français. Sans rien renier de nos tendances ni de nos traditions, nous nous tournons comme d'instinct vers ces maîtres, chez qui s'épanouit en beauté une civilisation incomparable. Nous les interrogeons aux heures de doute et d'angoisse. Leur œuvre est là qui nous répond. Leur pensée nous éclaire et nous guide. Elle nous garde, au besoin, des suggestions moins sûres qui pourraient nous venir d'un ciel plus brumeux que le vôtre...

Je veux les en remercier en terminant. Car leur influence ne cesse pas de nous être tutélaire. Elle nous élève, nous affranchit et nous révèle à nous-mêmes. Elle nous a dicté notre devoir en l'un de ces jours tragiques où le destin d'un peuple se pèse et se décide. Et tout le mérite leur revient si nous avons alors librement choisi une voie qui était — et nous le savions — celle des sacrifices, des larmes et des deuils, mais qui devait être aussi — et c'est bien notre unique fierté — celle de l'honneur et celle du droit.

Discours de M. Roger Lafagette

député, représentant M. le ministre
de l'instruction publique

Mesdames, messieurs,

*D*ÉLÉGUÉ *par un ministère qui n'est pas ici en personne pour la seule mais assez bonne raison qu'il
n'existe pas, je ne me dissimule pas ce que ma
présence a d'un peu précaire. Pourtant le gouvernement
de la République veut apporter son hommage au poète,
que vous célébrez aujourd'hui. A ce signe on reconnaî-
trait aisément qu'il s'agit d'un poète mort. Ronsard, qui
fut de son temps comblé de cadeaux, de pensions et de
bénéfices, serait peut-être, s'il vivait encore, proposé pour
une décoration. Genèvre, la belle hôtesse, préférerait les
bénéfices.*

*Notre temps est dur aux poètes. C'est pourquoi cette
fête est une grande leçon, et, si vous permettez le mot, une
grande revanche. Elle montre qu'en dépit des contingences
qui se succèdent, au jour le jour, sur le devant de la
scène et paraissent accaparer l'attention, ce pays n'oublie
pas sa permanente raison d'être, qui est son âme spirituelle,
ses poètes, ses artistes et ses penseurs. Le sentiment
demeure, obscurci quelquefois, mais, aux heures les plus
troubles, pieusement recueilli, maintenu et transmis par*

une élite, que les choses de l'esprit restent le but de tout l'effort collectif. Et, sans doute, des intérêts plus immédiats nous réclament et nous passionnent. Il est bon, il est juste que certains hommes trouvent à les défendre une gloire bruyante et d'ailleurs passagère. Mais il est bon aussi qu'à certaines heures, les hiérarchies véritables se rétablissent. Il faut rappeler quelquefois que notre vie n'aurait pas de sens si elle ne se proposait de faire contenir un peu d'éternité dans le court moment ; que notre action sociale perdrait le meilleur de sa force d'élan et d'essor dans la mesure même où l'intention en serait rabaissée, et que cet immense désir de bien-être qui, depuis toujours, soulève les foules vers un aménagement plus humain de la cité, vers une justice distributive plus exacte, n'aurait plus ni sa valeur morale ni sa plus haute espérance, s'il s'agissait seulement de satisfaire à des appétits, si le but suprême n'était pas, en fin de compte, l'avènement de tous les hommes aux joies de l'esprit.

Quoi qu'en puissent penser les ignorants et les sots, les poètes et les artistes jouent donc, parmi nous, le rôle essentiel. Ils conservent et réalisent, dans leurs œuvres, le sens et l'amour du beau. Qu'importe, après cela, les sourires et les railleries ? Laissons-les, ceux qui ont des yeux pour ne pas voir, à leur vaniteuse cécité. Fussent-ils et de beaucoup les plus nombreux, ils ne comptent pas. N'essayons pas de leur montrer quelle influence peut avoir, sur le cours des âges, l'éclosion d'un beau vers ou d'une belle statue.

Mais du moins, puisque j'ai l'honneur de représenter ici le gouvernement, que ce soit pour remettre, pendant une minute, choses et gens à leur vraie place et à leur vrai plan. Que ce soit, représentant politique d'un jour, pour m'incliner devant les hommes de lettres qui sont ici, dépositaires et gardiens de la pensée française immortelle.

*
* *

Oui, cette fête à la mémoire d'un grand poète constitue, à notre époque, une heureuse surprise et comme sa réhabilitation. Non que nous n'ayons le souci de la poésie ni même qu'il n'y ait parmi nous quelques très grands poètes. Mais on n'en sait rien. Ceux même qui les admirent les comprennent, ou plutôt les sentent bien rarement. L'âme contemporaine paraît fermée à l'enchantement des beaux vers. L'esprit d'analyse en est peut-être responsable. Il veut s'en expliquer le charme et se donner de justes raisons d'admirer. Et comme il n'y saurait parvenir puisque la magie du vers est sensible au cœur plutôt qu'à la raison, il nie ce qu'il n'arrive pas à comprendre. Et c'est vraiment pitié de voir tant d'esprits littéraires par ailleurs très avertis, examiner un poète comme ils feraient un prosateur et s'efforcer de le saisir avec leur intelligence, à peu près comme un aveugle qui voudrait juger un tableau avec ses mains.

Alors ils prétendent donner à la poésie des bases et des lois nouvelles, tantôt purement intellectuelles, c'est-à-dire arbitraires, tantôt étrangères à la raison, comme si le vers n'était pas fait à la fois pour l'oreille et pour l'esprit, et ne tirait pas son harmonie d'un accord intime entre l'instinct primitif et l'intelligence. Ou bien — et c'est le plus grand nombre — ils tournent en dérision ce qu'ils appellent le « tutu pan pan » des poètes.

Le malheur c'est que le goût public, trop souvent sollicité à faux, finit par ne plus s'y reconnaître et confond dans la même indifférence les vrais poètes et les autres.

Consolons-nous. Sans doute en fut-il toujours ainsi. Mais Apollon, tôt ou tard, reconnaît les siens. Heureux ceux qui peuvent, comme Eschyle, dédier leur œuvre au temps ! Aujourd'hui, tel qui n'a jamais lu Ronsard, ou qui n'aura jamais de lui un sentiment personnel, peut l'admirer en confiance, puisqu'une épreuve de quatre siècles consacre sa gloire.

*
* *

Peut-être pensez-vous qu'à mon tour, il est temps que je vous parle de lui. Après les discours si complets que vous venez d'entendre, je dois le faire avec discrétion.

Ce qui me touche le plus dans notre Ronsard, c'est l'incomparable artiste de lettres. C'est cette harmonie des sonorités et des rythmes où le sentiment et la forme s'épousent jusqu'à se confondre et dont la musique enchante les âges.

Ah ! n'allons pas nous demander si les désirs, les joies et les regrets de ce poète furent plus imaginés que vécus ! Est-ce que cela nous regarde ? Comme si le poète ne vivait pas plus complètement en imagination que le vulgaire en réalité ! Qu'attendez-vous de lui ? Une version de la nature ? De l'âme antique ? De lui-même ? Eh ! tout cela revient au même ! A une certaine hauteur, tous les poètes se rejoignent. Le but est de réaliser, chacun à sa manière, les uns par un jet spontané, d'autres par lente élaboration intérieure, cette beauté qui est une, que l'antiquité gréco-romaine atteignit, et que l'on n'a pas dépassée. Le but, c'est de faire de beaux vers. C'est-à-dire ? Je n'en sais rien, ou plutôt je le sais de toute évidence, mais ne puis l'expliquer, et Ronsard non plus sans doute, en dépit des règles qu'il propose. Cela se sent. Et lorsqu'on est en présence d'un artiste et d'un voluptueux qu'aujourd'hui on appellerait un voluptueux cérébral, cela se passe dans cette région de l'esprit, bien délicate à définir, où les sentiments n'ont leur plénitude qu'une fois transposés en idées, où les idées ont une valeur émotive de sentiments.

En vérité, consciemment ou non, ce grand poète n'a eu qu'un désir, qu'un amour, qu'une passion : sa poésie. Dans ce XVIe *siècle qui s'éveille à toutes les beautés plastiques, et qui se passionne pour l'antiquité parce qu'elle les lui révèle, parce qu'en elle c'est enfin la nature qu'il retrouve et qui l'enivre, Ronsard apporte à son tour une volupté nouvelle : la volupté à la fois spirituelle et sensuelle des belles formes poétiques : concordance intime du fond et de la forme qu'il est aussi vain de vouloir séparer que la statue du marbre dont elle est faite.*

Ce qu'il y aura ainsi — et volontairement pour la première fois — de voluptueux, de sensuel dans le vers français pris en lui-même et devenu son propre but, il le proclame :

« Je te veux aussi bien avertir de hautement prononcer les vers quand tu les feras, ou plutôt les chanter, car cela est bien une des principales parties que tu dois plus curieusement observer. »

Et encore ceci, qui est bien curieux : « A. O. U., et les consonnes M. B., et les SS finissant les mots, et sur toutes, les RR, qui sont les vrais lettres héroïques, sont une grande sonnerie et batterie aux vers. » (1)

Ronsard, qui fut le premier des classiques, Ronsard réhabilité par les romantiques dont il ne fut d'ailleurs pas compris (Sainte-Beuve trouve vieilli et « cassé » le poète des sonnets à Hélène), Ronsard fut, en somme, un parnassien.

Pure musique, alors, vide d'idées et de sentiments ? Allons donc ! Au contraire ! Le contenu du vers, répétons-le, est inséparable de la forme, il en fait partie, ils sont un. « Le fond, dira plus tard Victor Hugo, « c'est la forme. » Si l'idée et le sentiment sont pauvres, la forme reste impar-

---

(1) Cité par Lanson, *Histoire de la Littérature française.*

faite, et le contraire est aussi vrai. La forme, c'est l'idée qui se montre, mais enfin assez belle pour se montrer nue.

> *D'autant...*
> *Que les pompes et fards sont toujours déplaisants,*
> *Que les riches habits, d'artifice pesans,*
> *Ne sont jamais si beaux que la pure simplesse.*

Oui, Ronsard aima, sans quoi son ombre n'aurait pas été s'asseoir dans l'empyrée des grands poètes, auxquels on pourrait dire, comme lui-même aux astres :

> *... la plus part de vous, Signes,*
> *N'a place dans le ciel que pour avoir aimé.*

Mais ses amours humaines n'eurent sans doute de prix que dans la mesure où elles ont nourri son œuvre.

Lorsqu'il fut amoureux de Marie, son style changea pour devenir plus aimable et familier. Preuve, n'est-ce pas, d'un bien grand amour, et de toutes la plus décisive ? Oui... Mais il venait de lire l'Anacréon d'Henri Estienne. Qui pénétrera le mystère des poètes ? Après la noble Cassandre, n'aima-t-il pas une servante parce qu'il allait chanter sur un autre mode ? Tous ses sentiments, à son insu, gravitaient autour de son art. Vous le lui reprochez ? Ah ! ça, vous imaginez-vous, par hasard , que les artistes choisissent leur destin ? Remerciez-les, plutôt, d'avoir fait de leur art une religion, et de lui avoir donné toute leur vie.

*
* *

Peut-être manqua-t-il à celui-ci d'être ingénu. Nous sommes reconnaissants aux poètes qui ont du génie sans le faire exprès. L'essentiel est qu'ils en aient. Certes, lui n'a jamais eu à soupirer : « Hélas ! je fuyoye l'escole ! » Mais quoi ! En un temps où l'on revenait à la nature par

*le chemin de l'érudition, faut-il s'étonner que le miroir
se confondît parfois avec le modèle ?*

*Sachons entendre, sans chicaner notre émotion, ce
poète si français, chez qui les reminiscences elles-mêmes
concourent à l'expression mélodieuse de la vie. Sachons-lui
gré, avec Anatole France, d'avoir « aimé les lettres mortes
d'un vivant amour et retrouvé, dans la poussière antique,
l'étincelle de l'éternelle beauté. »*

A peine les derniers applaudissements s'éteignaient dans la rue Saint-Jacques que le roulement d'innombrables autos annonçait le départ du cortège officiel pour Couture. Un nuage de poussière se prolonge dans tout le val du Loir, le long des routes bordées de haies. C'est la gloire de Ronsard qui passe. Quelle chose exquise, après cette course rapide, de se trouver soudain au milieu du plus frais paysage ! Un.vieux pont de bois, comme on n'en fera plus, hélas ! traverse le Loir au milieu des saules. En amont, on aperçoit la pointe de l'Ile verte, où Ronsard, dans une ode fameuse, fit jadis élection de son tombeau. On vient d'y ériger une plaque votive où sont inscrites quelques strophes de l'ode. Debout alentour, des jeunes filles en costume de mère-grand, mettent une note de couleur vive. Au-dessus les hauts peupliers élèvent un temple frissonnant. M. Cohen, qui eut l'idée de cette cérémonie, en développe le sens.

Discours de M. Gustave Cohen

professeur à l'Université de Strasbourg

Mesdames, Messieurs,

*D*ANS *ce cadre harmonieux et magnifique, où la terre de France, toujours généreuse, étale, avec une grâce et une abondance particulières, les nuances les plus délicates de ses verdures nourricières ou ornementales, tout nous parle de Ronsard et Ronsard nous parle de ce tout. Car c'est ici le lieu de son enfance, celui où il offrit d'abord ses yeux à la divine caresse de la lumière, celui où il promena par les chemins ses pas rêveurs, celui où enfin il reçut la révélation de la Nature.*

Derrière cette mairie de Couture, où vous allez dans un instant inaugurer son buste, se trouve le pré Bouju, auquel se rattache une touchante légende, que le peuple a agrémentée d'un détestable calembour. C'est là que sa nourrice, le portant baptiser à l'église, «étant à bout chut », et laissa tomber le petit, si bien que le jour de sa naissance faillit être celui de sa mort; mais le vieux biographe Binet ajoute ce détail, « qu'une damoiselle qui portoit un vaisseau plein d'eau de roses, pensant ayder à recueillir l'enfant, luy renversa sur le chef une partie de l'eau de senteur, [ce] qui fut un presage des bonnes odeurs dont il

*devoit remplir toute la France, des fleurs de ses escris ».
Ceci se passait en septembre 1524.*

*On le ramena au château de la Possonnière, que son
possesseur actuel, notre ami M. Hallopeau, va vous
montrer tout à l'heure. Le château est au pied des restes de
la forêt de Gastine, dont Pierre de Ronsard devait, dans
une pièce célèbre, défendre avec passion les arbres contre la
cognée meurtrière des bûcherons. Dessous, pareilles à des
taupinières, s'ouvrent, dans la roche friable, les grottes
où les vignerons d'aujourd'hui vont le dimanche
déguster leurs crus, et qui sont « les antres secrets de
frayeur tout couverts », qui ouvrirent au poète les portes
du mystère.*

*Ce mystère il voulut le sonder ; prenant pour guide
Virgile et Horace latins et Clément Marot français,
il pénétra plus avant dans les antres de la colline et parmi
ceux que formaient, en massant leurs feuillages, les arbres
et les buissons de la forêt. Il s'y attarda la nuit, et bientôt
telle fut l'intensité de son rêve qu'il devint hallucination
et prit tous les aspects du réel. Les figures imaginaires
qu'évoquaient ses lectures d'apprenti humaniste, nymphes
folâtres, satyres oreillés, ægipans cornus et chèvre-
pieds, il ne tardera pas à les voir quitter le tronc des arbres
où le jour les tenait emprisonnés : l'écorce blanche et lisse
des bouleaux devient la tendre chair des nymphes, l'écorce
fendillée des chênes la peau rugueuse des satyres, et
les branches torses leurs bras agités. Mais comme, dans
cette âme presque antique, le mythe français tient aussi sa
place, les divinités celtiques, Matres et Fatæ, Damettes
ou Fées, aux robes couleur de temps, aux couronnes
d'argent et aux cheveux flottants, mêlées aux divinités
agrestes, mènent autour de lui, dans les clairières bai-
gnées de lune, caroles, tresches et farandoles. Ces impres-
sions d'un adolescent dont la jeune imagination s'éveille*

à la poésie, il les a décrites lui-même dans ces vers qu'admirait tant Sainte-Beuve :

> *Je n'avois pas douze ans qu'au profond des vallées,*
> *Dans les hautes forets, des hommes reculées,*
> *Dans les antres segrets, de frayeur tout couverts,*
> *Sans avoir soing de rien, je composois des vers :*
> *Echo me respondoit et les simples Dryades,*
> *Faunes, Satyres, Pans, Napées, Oreades,*
> *Aigypans, qui portoient des cornes sur le front,*
> *Et qui, ballant, sautoient comme les chevres font,*
> *Et les Nimphes suivant les fantastiques Fées,*
> *Autour de moy dançoient à cottes degrafées.*

Ce que lui avait donné son Vendomois, en fraîche inspiration, il le lui a largement rendu. Comme Orphée avait illustré la Thrace, Pindare Thèbes, Virgile Mantoue et Horace Venouse, il conçut qu'il lui était échu par ordre du destin de célébrer, lui aussi, son pays natal :

> *Se connoissant Vendomois par ses vers.*

Il lui restituait ainsi sa part de l'immortalité qu'il entendait conquérir. Ceci explique comment tous ses recueils sont pleins de cette terre, au point que le maître des Ronsardisants, j'ai nommé M. Laumonier, dont cette fête est aussi un peu la fête, a pu faire un recueil entier des poèmes qui y sont consacrés. Ronsard en a délimité le cadre et, de quelque point plus élevé ou plus dégagé que celui ou vous êtes, vous pourrez l'apercevoir tel qu'il l'a décrit :

> *Deux longs tertres t'emmurent,*
> *Dont les flancs durs et fors*
> *Des fiers vents qui murmurent*
> *S'opposent aux effors.*

> *Sur l'un Gâtine sainte,*
> *Mere des demi-dieus,*
> *Sa teste de verd painte*
> *Envoie jusque aus cieus,*
>
> *Et sur l'autre prend vie*
> *Maint beau sep dont le vin*
> *Porte bien peu d'envie*
> *Au vignoble Angevin.*

Il en a célébré les sources, en particulier cette fontaine Bellerie, que les habitants du hameau de Vauméan nomment la fontaine de la Belle Iris :

> *O Déesse Bellerie,*
> *Belle Déesse cherie...*
> *Tu es la Nimphe eternelle*
> *De ma terre paternelle,*

ou ailleurs :

> *Argentine fonteine vive*
> *De qui le beau cristal courant,*
> *D'une fuite lente et tardive*
> *Ressuscite le pré mourant.*

Il en a dépeint la rivière musarde, celle qui coule à vos pieds :

> *Le Loir tard à la fuite,*
> *En soi s'ebanoiant*
> *D'eau lentement conduite*
> *Tes champs va tournoyant.*

Enfin, et c'est pourquoi nous sommes réunis ici, il a voulu y reposer de son dernier, paisible et éternel sommeil. Voyez-vous cette masse qui, dans un ensemble déjà verdoyant, paraît un cœur sensible de verdure, plus serré, plus touffu, plus moussu ? c'est l'Isle Verte : ainsi s'appelait-elle du temps de Pierre de Ronsard ; ainsi s'appellera-t-elle *toujours, maintenant que votre présence et notre consécration la rendent à jamais fameuse. Au milieu du XVI*e* siècle, elle était encore au confluent de deux rivières, de ce Loir que vous voyez, et de la Braie, que vous ne voyez pas, parce que l'ancien cours en est desséché.* Vous connaissez la pièce de l'Election de son Sepulcre, *qui commence par cette invocation :*

> *Antres, et vous fontaines*
> *De ces roches hautaines*
> *Devallans contre bas*
> *D'un glissant pas,*
>
> *Et vous forests et ondes*
> *Par ces prez vagabondes,*
> *Et vous, rives et bois,*
> *Oiez ma vois.*

Mais on connaît moins en général les trois strophes, rayées des éditions postérieures à 1550 et où, après cette invocation, choisissant le lieu de sa sépulture dans le site qu'il a le plus aimé, il désigne cette Isle Verte, en face de laquelle nous nous trouvons :

> *Je veil, j'enten, j'ordonne,*
> *Qu'un sepulcre on me donne,*
> *Non pres des Rois levé,*
> *Ne d'or gravé,*
>
> *Mais en cette Isle Verte,*
> *Où la course entrouverte*
> *Du Loir, autour coulant,*
> *Est accolant,*
>
> *Là où Braie s'amie*
> *D'une eau non endormie*
> *Murmure à l'environ*
> *De son giron.*

*Quand un poète de cette envergure, que notre cher pré-
sident M. de Nolhac a pu qualifier « le père de tout
lyrisme moderne », donne à la postérité un pareil ordre, il
ne reste plus à celle-ci qu'à obéir. Aussi, sans rompre le
marbre*

> *... pour la pompe*
> *De vouloir le tumbeau*
> *Bâtir plus beau,*

*puisqu'il nous l'a défendu, nous avons pris un bloc
d'ardoise et nous y avons fait graver en lettres rouges les
trois strophes supprimées de l'Election du Sepulcre.
Désormais ce sera, grâce à la bienveillance du propriétaire
de l'île, le commandant de la Chaussée, et jusqu'au
moment où nos amis de Tours, ayant retrouvé dans les
ruines du prieuré de Saint-Cosme les cendres du poète,
les auront transportées ici, le cénotaphe de Ronsard. Il
avait voulu un arbre :*

> *Mais bien je veil qu'un arbre*
> *M'ombrage en lieu d'un marbre,*
> *Arbre qui soit couvert*
> *Tousjours de vert.*

*Nous lui consacrons solennellement et de toute la ferveur
de notre pensée reconnaissante le grand peuplier auquel
s'appuie notre inscription. Il avait voulu*

> *... un l'hierre,*
> *L'embrassant en maint tour*
> *Tout alentour,*

et une vigne tortisse,

> *Faisant de toutes pars*
> *Un ombre épars,*

*nous les planterons, et enfin, à la manière antique, il a
souhaité l'hommage et les sacrifices champêtres des pas-*

toureaux. Les pastoures, les voilà, fillettes de son pays, nourries de la même substance, coiffées et vêtues de vieux atours, pareils à ceux que volontiers, étant galant, il chiffonnait. Peut-être ne savent-elles pas au juste, ces gracieuses enfants, quel est celui dont l'univers redit les vers, mais elles savent qu'il est très grand et qu'il est de chez eux, qu'il eût goûté leur joliesse et qu'il les pare un peu de sa gloire. En reconnaissance, sans verser le sang d'un agnelet, car elles ne sont plus assez païennes, ni du lait, parce qu'il est trop cher, elles répandront sur cette pierre des roses, qui représentent celles dont il a lui-même semé ses écrits et qui y symbolisent les joues des jeunes filles, la grâce des femmes et leur adorable fragilité.

Si vous voulez qu'elles soient encore à leur insu autre chose, mes gracieuses bergères, imaginez que la plus fine est Cassandre, avant d'être Dame de Pray et châtelaine de Talcy, Cassandre à quinze ans, comme elle était à Blois, quand, jouant du luth et dansant le branle de Bourgogne, elle ennoua le cœur du poète dans le réseau de ses cheveux ; et l'autre sera Marie, l'Angevine de quinze ans, pour qui sa voix se fit plus douce et sa langue moins hautaine :

> *Marie, vous avés la joue aussi vermeille*
> *Qu'une rose de mai, vous avés les cheveux*
> *De couleur de chastaigne, entrefrisés de neus,*
> *Gentement tortillés tout-au-tour de l'oreille.*

Et la troisième peut-être sera Hélène, une Hélène très rajeunie, moins savante et moins austère que celle qui, aux fenêtres du Louvre, rêvait d'un couvent pour échapper à l'amour.

Ce sont là visions fugitives et réalisations d'un instant. Vous allez nous quitter, bergères, nous allons vous quitter, mais il restera l'ardoise, avec les strophes immortelles et l'arbre qui l'ombrage.

Désormais il y a en France, selon la saisissante formule de notre grand Maurice Barrès, un lieu de plus « où souffle l'esprit », l'esprit de poésie qui, né sur les hauteurs du Parnasse au double sommet de neige, est descendu dans la molle plaine vendomoise pour s'incarner en Ronsard :

> *Et voiant ce païs, à peine on voudra croire*
> *Que d'un si petit champ tel poëte soit né.*

Un peu à contre-cœur, je crois, on a dressé le buste de
Ronsard dans la cour de la mairie de Couture. Il faut regretter
le choix du lieu. La place d'un monument à celui qui a fait la
gloire du pays était dans un endroit qu'il avait connu, où
demeuraient encore quelques édifices contemporains du poète.
Et puisqu'on ne pouvait ériger ce buste à la Possonnière, il
fallait le mettre en plein cœur du bourg, au pied de cette église
où il fut baptisé, dont son père ou son grand-père élevèrent le
portail et le clocher, non devant cette plate bâtisse perdue au
milieu des champs. C'était réduire le poète au rôle de grand
homme de chef-lieu de canton et diminuer l'intérêt très réel du
petit monument que lui érigeait la piété de ses compatriotes.
Néanmoins, la cérémonie de l'érection dans cette enceinte
heureusement ornée fut également charmante. M. le maire de
Couture prit le premier la parole.

Discours de M. le capitaine *Manceau*
Maire de Couture

ÈS qu'il fut question de rendre à Pierre de Ronsard un hommage national, en cette année 1924, un modeste comité se forma, au lieu même de la naissance du poète, et érigea le monument que nous inaugurons aujourd'hui.

Par la voix de leurs distingués représentants, l'Académie française, l'Université de Paris, le Sénat vous parleront du rénovateur de la poésie française, du créateur de la langue poétique, en un mot de la vie et de l'œuvre de Ronsard.

Nous, enfants du Vendomois, nous célébrons surtout le meilleur des enfants de Couture, celui qui sut manifester, en toute occasion, pendant son existence entière, l'amour de la petite patrie, l'amour du sol natal.

Pierre de Ronsard tient à notre bourg, non seulement parce qu'il naquit devant ce « pré à Bouju » où nous sommes aujourd'hui, mais surtout parce que ce « petit champ » fut son séjour de prédilection.

Son Loir, sa Braye, sa forêt de Gâtines, sa fontaine de Bellerie furent ses meilleures sources d'inspiration. Cette douce vallée, où le ruban argenté du Loir serpente dans des prairies d'émeraude, l'a sans cesse attiré. Au temps de sa plus grande gloire, le « Prince des poètes français » venait reposer à Couture son âme amoureuse et inquiète.

Il l'a dit maintes fois, en beaux vers que nous voudrions voir, gravés, au-dessous de son image.

> *Bref, quelque part que j'erre,*
> *Tant le ciel my soit dous,*
> *Ce petit coin de terre*
> *Me rira par sus tous.*
> *Car les champs et les bois et les lieux solitaires,*
> *Et les prez, où le Loir, parmi les herbes court,*
> *Me plaisent beaucoup plus que les bruits de la Court.*

Dans une de ces improvisations chaudes et vibrantes dont il a le secret, M. Berger, le très sympathique sénateur de Loir-et-Cher, auquel rien de ce qui est vendomois ne demeure étránger, apporte à son tour son hommage. Laissant de côté le poète que tant d'autres orateurs ont célébré, il montre dans Ronsard le bon et courageux citoyen qui sut, aux heures difficiles que traversait le pays, se ranger du côté de l'ordre et de la loi. M. Brunot, doyen de la Faculté des lettres, prend ensuite la parole.

Discours de M. Brunot
doyen de la Faculté des lettres

QUICONQUES, *dit Ronsard dans son Art poétique, furent les premiers qui osèrent abandonner la langue des Anciens pour honorer celle de leur païs, ils furent véritablement bons enfans, et non ingrats citoyens, et dignes d'estre couronnez sur une statue publique, et que d'âge en âge on face une perpetuelle memoire d'eux et de leurs vertus. »*

Ronsard fut un de ces téméraires et c'est pour cette raison qu'un historien de la langue française vient troubler cette fête de la poésie, et dire dans ces lieux tout pleins de lui ce que notre idiome doit à celui qui a mis à le défendre et à le magnifier, toute la passion de son cœur, à le servir toutes les ressources de son talent. Son exemple est sans nul doute un de ceux qui ont déterminé les penseurs et les écrivains à se libérer de préjugés séculaires.

Sans doute Ronsard avait eu des précurseurs. Toute révélation eut les siens. Claude de Seyssel, Geoffroy Tory, Jacques de Beaune, vingt autres avaient annoncé qu'une « littérature » française pouvait et devait naître, et sous ce mot, nouveau alors, ils comprenaient en général toutes les productions de l'esprit, tant scientifiques que littéraires.

Mais l'honneur d'avoir précisé ce rêve en programme

*et d'avoir compris les conditions dans lesquelles ce pro-
gramme pouvait être réalisé, revient aux hommes de la
Pléiade. Constatant qu'Homère, Platon, Aristote, Virgile,
Lucrèce, tous les anciens vénérés, parlaient même langage
que les laboureurs, valets et chambrières de leur temps, ils
ont conclu sans faux orgueil que ce « rond des sciences »,
on a dit plus tard cette encyclopédie, ne pouvait naître
sans une culture systématique et complète de la langue vulgaire. Pour que les Français « peussent rediger et mettre
bonnes sciences et arts en mémoire et par escript, au lieu
de mandier et prendre quasi furtivement des Grecs et des
Latins ce qu'on veut savoir des sciences », il fallait « qu'ils
eussent leur langue bien reiglée. »*

*Parmi tous, Ronsard avait les vertus morales — peut-
être aussi les défauts — nécessaires pour mener l'entreprise.
Ame haute, soif de gloire inassouvie, confiance en soi-
même, vaillance dans l'attaque, ardeur au travail, respect
des maîtres vrais et dédain des réputations usurpées,
fidélité à l'amitié et haine des rivalités mesquines, tout ce
qui fait qu'on conduit une troupe de poètes — la plus insou-
mise de toutes — sans la commander.*

*Avec cela des vertus intellectuelles supérieures, parmi
lesquelles la foi dans la valeur d'un instrument dont nul
n'avait essayé encore toutes les harmonies, et dont il devinait
la puissance illimitée.*

*Il faut avoir livré certaines batailles pour estimer à
son prix l'audace de ce jeune homme conduisant sa brigade
à l'assaut. En face la phalange innombrable et serrée des
latineurs, habituée depuis des siècles à considérer qu'on
ne pouvait prier, penser, enseigner, voire guérir qu'en
latin et par le latin, n'ayant même pas besoin de for-
muler son dogme, alors cru de tous : « Hors du latin, point
de salut. »*

Derrière lui, aucun ancêtre qu'il pût suivre ou même

nommer, des gothiques reniés, des genres usés, tombés de chute en chute à des romans de colporteurs, ou à des piécettes de cour, dont la plupart n'étaient que des jeux de rimes, tout au plus des mots d'esprit, quand les heureuses rencontres d'un homme fin, fécond en trouvailles, les saupoudrait d'un peu de sel gaulois, rien dans toute cette poésie de grand, aucune œuvre classée, consacrée. Telles étaient ou paraissaient être les conditions de la bataille quand il la risqua impétueusement, s'élançant d'un passé de ténèbres vers l'avenir radieux des ciels de Grèce et d'Italie.

D'autres prièrent sur l'Acropole, éblouis et comme abîmés dans leur recueillement. Lui, de loin, à l'apparition de la déesse, la sentant s'incarner en lui, pris d' « enthousiasme », dans la nuit étoilée, il chanta. Et sa voix porta si loin et si haut que tout autour, dans la France entière, d'autres voix répondirent. Ce fut un concert de lyres et d'âmes, comme notre pays n'en avait jamais entendu.

Ne croyez pas qu'il ne mît point à sa place la raison. Elle est, disait-il : « au hault de la tour et au sommet de la teste comme un roy en son trosne ou le Senat en son pallais... »

Mais la raison chez les poètes n'est heureusement pas celle qui calcule et temporise. Elle est plus de sentiment que d'intelligence. Les grandes tâches l'exaltent comme le péril excite les soldats. Sans peur Ronsard s'avança pour « escheler » le ciel.

Les femmes — elles ont toujours eu dans notre civilisation où quelques-unes se plaignent de n'être rien, un rôle souverain — s'émurent et applaudirent. Sans bien savoir toujours le sens exact des beaux mots qui leur étaient dits, elles voulurent être les chères entéléchies de ceux qui souffraient pour elles de douces antipéristases, autrement dit, elles les assistèrent dans leurs vissicitudes, et leur versèrent la source éternelle d'énergie, l'amour.

Leurs bras et leurs cœurs s'ouvrirent, le bal mystique des muses descendit dans les vertes prées du Vendomois et de l'Anjou. Pindare et Tibulle, Anacréon et Pétrarque avaient désormais des rivaux français, et les fontaines de Castalie et de Vaucluse versèrent chez nous leurs eaux sacrées.

Assurément beaucoup d'illusions se dissipèrent par la suite. L'œuvre de Ronsard, participant en cela au caractère général des œuvres de ce XVIᵉ siècle qui fut plutôt une époque de recherches que d'aboutissement, n'atteignit point à ce degré de perfection absolue où il faut qu'un écrivain s'élève pour s'imposer sans conteste au monde et aux siècles. Je ne sais si Ronsard fut seulement l'étoffe d'un grand poète, comme on l'a dit. D'autres en donneront leur avis. Je sais, en tous cas, qu'il ne fut pas le ridicule gâcheur de langage qu'on a prétendu, ni le fantaisiste brouillon que les classiques mal informés se représentaient.

Je n'hésite même pas à dire qu'il eut des éclairs de génie. On n'a peut-être pas assez rappelé avec quelle décision il avait résolu de transformer les habitudes graphiques introduites par les pédants et les grimauds. Ni la tradition, ni l'autorité du latin ne lui en imposaient. Supprimer les complications d'écriture que plusieurs prenaient pour des élégances et rendre à la langue à l'aide d'une orthographe d'une simplicité rigoureuse et nue, la pureté de ses formes vraies lui paraissait une nécessité. Après en avoir conféré avec Maigret, convaincu par ce réformateur, le plus hardi qui ait jamais paru en ces matières, il était disposé, si un ami mal inspiré ne l'eût détourné de cette nouvelle témérité, à publier ses œuvres dans cette graphie purement phonétique qui venait d'être inventée. A cette époque où les livres français étaient si peu nombreux, malgré la tradition des chancelleries, il eût sans doute entraîné les poètes, et par suite les imprimeurs. La langue était sauvée. En possession d'une ortho-

graphie elle échappait d'un coup au fléau qui pèse encore sur elle, et qui paralyse l'enseignement des premières années. Lui montait au rang des libérateurs. Notre mauvaise fortune et la sienne ne l'ont pas permis.

Pour le reste, je dois à la vérité de dire qu'il se trompa plusieurs fois. Méconnaissant ce principe qu'un mot n'est que du son et du vent, tant que nous ne mettons pas en lui l'idée qui en est l'âme, et qu'en empruntant on risque de ne prendre à peu près rien et de fournir à peu près tout, il accorda trop à la matière verbale et oublia que pour faire un chef-d'œuvre, il suffit d'un peu de terre mouillée. S'exagérant la pauvreté du français, tourmenté par une sorte de jalousie qui le faisait croire à des besoins factices, bien qu'il sentît sous la gangue nos richesses en or pur, faciles à extraire et à raffiner, il pilla, moins qu'on ne l'a dit, trop encore.

Semblable à ces Espagnols qui parent leur madone de fleurs et d'étoffes brodées, comme s'il était besoin, comme s'il était possible d'embellir une femme qui porte dans ses bras un Dieu, il affubla la langue d'affiquets. Mais d'abord ces aberrations même des dévots méritent le respect. Elles sont encore une forme de la piété. Elles n'ôtent rien à la foi de sa puissance d'éjaculation mystique, elles expriment même à leurs façons l'adoration, qui fait naître et entretient les religions et qui a peuplé le ciel.

Ces erreurs graves mises à part, quelle largeur dans la conception ! Appeler tous les mots à la vie et à la lumière, comme V. Hugo, le restaurateur de la langue poétique, fut obligé de le faire deux siècles plus tard, au lieu de borner à un parc rétréci le terrain de culture, l'étendre à toute la France, renoncer aux préjugés qui faisaient de sa contrée natale le centre du beau langage, organiser une sorte de concours où on admettrait tous les fruits que *l'imagination populaire produisait d'un bout à l'autre du Royaume;*

Rappeler les vieux mots, sans se laisser rebuter par la vétusté des œuvres, chercher jusque dans les troncs desséchés un peu de sève ou une greffe pouvait prospérer ;

Ne pas enfermer l'usage dans les châteaux et les prétoires, écouter les plus petites gens, hanter des hommes de métier, tous ceux qui vivent près de la nature et de la matière, et à qui l'une et l'autre imposent la nécessité d'exprimer les mille aspects de leur infinie variété ;

Puis, quand tous les trésors ainsi rassemblés ne fournissaient pas assez, tenter hardiment la fortune ; créer, en s'inspirant de l'analogie, c'est-à-dire en suivant l'instinct, sauf à le corriger au besoin par un peu d'étude ; amasser de la sorte un trésor inépuisable, où l'imagination la plus riche trouverait l'expression des sensations les plus délicates comme l'image des choses les plus diverses, qui suffirait pour rendre les nuances des langues dont la supériorité paraissait impossible à égaler ;

Enfin ordonner toute cette matière, trouver une règle ; la mettre en lumière et en pratique, rédiger le coutumier de la langue, où fût établi un régime de liberté contenue qui n'eût pas tari les sources de renouvellement, mais eût pu retenir l'usage sur la pente des brusques révolutions, concilier ainsi ordre et fantaisie, correction et indépendance, tel était le plan qui devait permettre d'adapter le français au rôle supérieur auquel on l'appelait désormais.

La réflexion d'un philosophe réveilla ceux qui avaient cru avec lui à la valeur excessive de la matière. C'est « l'emploite des beaux esprits », sentencia Montaigne avec sévérité, qui donne leur valeur aux mots. Et l'ombre de Ronsard dut tressaillir douloureusement quand d'autres

*vinrent qui négligèrent les richesses amassées ou les sac-
cagèrent.*

*Malherbe, raconte Racan, avait pris un jour son
Ronsard, et avait fait l'école avec ses fautes. Et comme
on lui demandait s'il approuvait ce qu'il n'avait pas biffé,
il se mit sur le champ à barrer tout le reste.*

*Il y avait cependant une chose que Malherbe ne pouvait
pas effacer. Sur un point il s'accordait avec ce prédécesseur
renié ; et ce point était justement, sans qu'il y pensât, le
point capital : Il fallait écrire en français.*

*C'était le testament même de Ronsard dont il se faisait
l'exécuteur : « C'est un crime de lèse-majesté, d'abandonner le langage de son pays, vivant et florissant, pour
vouloir deterrer je ne scay quelle cendre des Anciens et
abboyer les urnes des trèspassez » (1).*

*Avec sa brutalité ordinaire, Malherbe voulait que
ce crime fût puni des dernières rigueurs et qu'on donnât
le fouet aux poètes latins, aux Bourbon et aux Simond.
C'était trop. Nous avons aboli les peines corporelles dans
l'Université. Nous n'avons aucune pensée de les rétablir
ni pour les maîtres, ni pour les grands maîtres.*

*Mais il nous paraît juste d'accorder à Ronsard ce
suprême éloge qu'il est un des premiers qui ont rendu la
France à la langue française. Il se classe parmi ceux
longtemps trop rares qui ont deviné le rôle capital d'une
langue dans la formation intellectuelle et morale d'une
nation. Et par là il prend place entre les grands hommes
qui ont fait l'esprit français et la France. En des heures
comme celles-ci, où revenant encore une fois à la charge,
les latineurs ont de nouveau essayé d'entraver notre langue
dans sa marche triomphante et libératrice, il est sain, il*

---

(1) Je lis *urnes* et non *verves*, qui n'a aucun sens. Binet a mal lu.

est réconfortant de se tourner vers les prophètes qui jadis lui enseignaient la bonne nouvelle.

Un des jours qu'ils ont annoncés est venu. Comme dans le conte de Gulliver, des nains avaient encore une fois voulu enchaîner la géante. Elle vient de s'éveiller de son sommeil passager et cherche en vain les pygmées qui avaient cru l'entortiller de leur réseau de bandelettes de papier. Se dégageant d'un coup de ces ridicules entraves, elle sourit à tous ceux qui se sont penchés sur elle et lui ont montré sa destinée.

En tête du glorieux cortège est Ronsard.

Pourquoi faut-il que M. de Nolhac n'ait point écrit le discours qu'il prononça ? Sans doute afin que ses paroles, plus fluides et pleines d'une grâce ailée, se mêlant mieux à la brise, ne cessent désormais d'élever un murmure de gloire autour de l'image de Ronsard. Mais c'était condamner d'avance à la plus ingrate des tâches celui qui entreprendrait de rendre un peu du charme de ce discours, ou mieux, de cet hommage filial rendu au père de la poésie moderne par le plus fidèle de ses disciples. Ayant d'abord montré les efforts fructueux du Comité Ronsard de Paris, en contact avec les comités de province et particulièrement avec les deux comités vendomois, pour réveiller le souvenir du poète, non seulement en France, mais en Amérique, en Grande-Bretagne, en Belgique, en Pologne, en Italie, M. de Nolhac déclare qu'à tous les discours qu'on a entendus, il a manqué un hommage, celui de la poésie française et, s'adressant à Ronsard, il le salue maître et père des poètes français. Puis il récite les strophes suivantes :

Chanson pour honorer les provinces de Ronsard

Anjou, Touraine et Vendomois
Tiennent le Parnasse en leurs bois.
Dans l'air sacré qu'on y respire,
Quand Ronsard accorde sa lyre
Du Bellay sonne du hautbois,
Et leur chant fait qu'on vous admire,
Anjou, Touraine et Vendomois !

Anjou, Vendomois et Touraine
Ont pris Minerve pour marraine.
Apollon en mille façons
Y répand ses doctes leçons ;
L'amour même, y contant sa peine,
Entremêle dans ses chansons
Le laurier à la marjolaine.

> *Touraine, Vendomois, Anjou,*
> *Quel est le plus brillant bijou*
> *Des provinces de la patrie ?*
> *Chacune est fière et bien fleurie ;*
> *L'une a tous ses donjons debout ;*
> *L'autre est un jardin de partout,*
> *Et la troisième a Bellerie.*
>
> *Prince ! Consens, si tu m'en crois,*
> *Honneur égal à toutes trois ;*
> *Si tu veux choisir, tu t'abuses ;*
> *Ces duchés aux bornes confuses,*
> *Anjou, Touraine et Vendomois,*
> *Ayant eu Ronsard en leurs bois,*
> *Sont le beau royaume des Muses !*

La cadence des strophes harmonieuses s'enlace comme une souple guirlande au rythme brutal des moteurs, tandis que le long du pré Bouju, où l'imprudence d'une nourrice laissa tomber Ronsard naissant, nous roulons vers la Possonnière dont les portes, ce jour-là, s'ouvrent à deux battants (1).

Le propriétaire, M. Hallopeau, explique à ses visiteurs tout l'intérêt historique et artistique de la cheminée de la grande salle et rappelle la disposition primitive de la cour méridionale. Il donne ensuite la parole à M. Paul Laumonier, pour le commentaire des inscriptions extérieures. L'historien de Ronsard s'exprime en ces termes :

---

(1) En quelques mots, après le discours de M. Nolhac, M. Méry, président de la Société amicale de Loir-et-Cher, s'associa aux hommages rendus et Mlle Gonnel, de l'Odéon, et M. Pierre Tardieu récitèrent plusieurs poésies de Ronsard.

Discours de M. Laumonier
professeur à la Faculté des lettres de Bordeaux

Mesdames, Messieurs,

*L*ES *inscriptions que Loys Ronsard fit sculpter sur
son manoir, traduisent bien l'esprit de l'époque,
qui tient encore au moyen âge par certains côtés,
mais se convertit avidement aux idées et à l'art de la
Renaissance importée d'Italie.*

*La première, celle du bas de la tourelle centrale,
Voluptati et Gratiis, n'a aucun rapport avec le buste qui
la surmonte, quel que soit le personnage que ce buste ait
primitivement représenté, Louis XII, François I*er *ou
Loys Ronsard. La preuve, c'est qu'on la retrouve sur la
façade nord, au premier étage, et isolée. Elle semble être
une dédicace de la maison à la Volupté et aux Grâces,
divinités toutes païennes. J'y vois une galanterie à l'adresse
de Jeanne Chaudrier, que Loys Ronsard venait d'épouser.*

*Au premier étage, sur les linteaux des croisées, on lit
trois inscriptions qui sont, de gauche à droite :* Domine
conserva me — Respice finem — Avant partir. *Doit-on
y voir, comme on l'a supposé, une seule phrase ? Je ne le
pense pas, d'abord parce que les sentences ou devises que
l'on trouve dans d'autres châteaux du XVI*e *siècle, par
exemple celui de Montaigne, sont indépendantes ; ensuite
la troisième de ces inscriptions est répétée isolément,*

aŭ-dessus d'une croisée du rez-de-chaussée, et encore sur la façade nord ; elle a donc une signification par elle-même ; enfin ce mélange de latin et de français n'aurait pas été de mise ici, où la pensée est sérieuse : cette variété de la langue macaronique était courante à l'époque, mais seulement dans les œuvres facétieuses et satiriques.

Traitons donc chaque groupe comme indépendant. Le premier est emprunté au début du psaume XV de David : Seigneur, conservez-moi, parce que j'ai espéré en vous. — Le second offre deux sens possibles : ou bien c'est encore une prière inspirée des psaumes : Veillez à ma fin, assurez le salut de mon âme ; ou bien c'est un conseil de moraliste, comme en donne constamment Sénèque : Songe à la mort. —Le troisième a donné lieu à de nombreuses interprétations. Pour moi, c'est un euphémisme, qui est courant chez les poètes du XVIe siècle, notamment chez Marot et Ronsard, et signifie : Avant de mourir. Et que faut-il faire avant de mourir ? Il faut bien vivre, qu'on l'entende au sens chrétien, comme portent à le croire les prières voisines, ou au sens païen ou plus généralement mondain, d'après l'inscription de la tourelle. En tout cas, si le père l'a entendu au sens chrétien, le fils l'a certainement compris autrement, tant ses œuvres sont pleines d'exhortations à cueillir joyeusement le jour et la fleur.

Chacune de ces trois inscriptions est encadrée des lettres majuscules E et L, que l'on retrouve sur le manteau de la cheminée et ailleurs. La deuxième est l'initiale de Loys, prénom du père du poète ; mais la première n'est certainement pas un E, parce que sa barre inférieure est sensiblement plus longue que sa barre supérieure : on pense qu'il s'agit de deux initiales superposées, celles des rois Louis XII et François Ier, bienfaiteurs de Loys Ronsard.

Enfin, tout en haut de la tourelle, sur le linteau de la lucarne, on lit : Domini oculus longe specv. Ce dernier mot est abrégé pour speculatur. On a pensé qu'il s'agissait de l'œil de Dieu, à cause de la présence de Domine avec le sens de Dieu au linteau du premier étage. Mais, outre que cette raison me semble très faible, on ne dit pas de Dieu qu'il voit « loin »; on dit qu'il connaît et voit tout, que le champ de sa vision est infini; et ce serait le rabaisser que de lui prêter des sensations relatives. Ensuite il voit tout de partout et n'a pas besoin pour cela de se placer au haut d'une tour et de regarder par une lucarne. Enfin speculari *n'a pas le même sens que* spectare, *mais celui de faire le guet, d'épier, qui ne convient plus du tout à Dieu. Ce n'est donc pas de lui qu'il s'agit, mais d'un homme, et cet homme est le seigneur de la Possonnière; d'autant plus que ces termes, à cette place, s'appliquent admirablement à lui. On sait, en effet, que les Ronsard de la Possonnière avaient la garde héréditaire d'une p. ⁿtie de la forêt de Gâstine (un quart depuis le XIVᵉ siècle, un autre quart acheté aux Du Bellay de La Flotte en 1523). Ils pouvaient guetter de loin les maraudeurs du haut de leur tour, par une lucarne orientée précisément de ce côté. Pour moi donc, aucune hésitation n'est possible : il y a là un « sens accommodatice »; l'œil du Seigneur, qui revient si souvent dans la Bible, est devenu l'œil du Maître, par un procédé courant au moyen âge, qui accommodait les textes religieux à tous les actes de la vie.*

Passons aux caves creusées dans le tuf. Les inscriptions indiquent leur affectation au XVIᵉ siècle; mais quelques-unes ont un sens controversé, malgré les objets sculptés qui les encadrent. Pour les deux premières, peu de difficulté : la Buanderie belle, où se blanchissait probablement le linge des maîtres, et la Fourière, encadrée de deux bottes de foin stylisées. L'inscription de la troisième cave n'est plus visible, mais l'on sait par les archéologues du XIXᵉ siècle que c'était une dédicace : Vulcano et Diligentiæ. Quatre chaudrons sculptés, que l'on voit encore et qui rappellent les armes de la châtelaine, Jeanne Chaudrier, semblent indiquer qu'il s'agit d'une autre buanderie ou d'une cuisine. Mais l'exiguïté de la cave et l'absence de cheminée font plutôt croire que c'était un magasin où l'on rangeait les outils et ustensiles en fer, et devant lequel on installait une forge volante. — La quatrième cave renfermait les Vina barbara, *que les uns traduisent par « vins grossiers », donc ordinaires, les uns par « vins étrangers », soit étrangers à la France, soit même étrangers aux crus du Vendomois. J'adopte pour ma part le deuxième sens, qui entraîne celui de « vins précieux ». — La cinquième cave recommande :* Cui des videto, *fais attention à qui tu donnes (adage qui semble emprunté à la Vie rustique de Caton l'Ancien). Elle est surmontée du monogramme de Loys Ronsard et encadrée de deux verres et d'une cruche ; elle renferme une vaste cheminée. Pour moi, on y serrait les vins ordinaires et l'on y hébergeait les indigents, après une inspection sommaire qui éliminait les vagabonds sans aveu, les indignes. — La sixième est la* Custodia dapum, *c'est-à-dire le garde-manger ou office. — La septième offre cette exhortation de la morale antique :* Sustine et abstine, *et encore le monogramme de Loys Ronsard. Pour les uns l'inscription est ironique et s'adressait aux vagabonds et maraudeurs de la forêt, qu'on tenait là sous les verrous, au régime du pain sec et de l'eau. Pour les autres, c'était encore une cave à vins, et l'inscription un conseil de sagesse, l'adage antique prenant un sens concret, par une accommodation, un de ces jeux de mots dont nos pères étaient si friands.*

Enfin, à l'entrée d'une tourelle, ornementée comme la première, on lit une huitième inscription : Tibi soli gloria, *qui est tirée de la première épître de Saint-Paul à Timothée (le verset 17 commence par :* Soli Deo honor et gloria). *Son caractère religieux et quelques traces de coquilles de pèlerin ont fait croire à tort que l'escalier de cette tourelle conduisait à un oratoire dédié à Saint-Jacques. En réalité, il donnait accès d'un côté à la galerie qui surplombait les caves, de l'autre à un corps de bâtiment qui fermait la cour au sud. Et je vois dans l'inscription une contre-partie et comme un remords de celle de la première tourelle, peut-être un ex-voto, sculpté là au retour de la campagne de Marignan.*

Permettez-moi de résumer l'impression que laisse l'ensemble de ces inscriptions. Elles renferment un symbole. Ce mélange de latin et de français, de style Louis XII et de style François Ier, marque une époque de transition, qu'on a justement appelée « semi-gothique ». Pourtant l'inspiration de la Renaissance y domine. Trente ans plus tard, dans l'œuvre du poète, cette inspiration sera tout à fait prédominante. Mais Pierre de Ronsard, tout Renaissant qu'il est, n'en a pas moins conservé des traces importantes de ce moyen âge, à la fin duquel il est né. S'il est le créateur, le père de la poésie française moderne, on n'est pas moins fondé à dire qu'il fut le dernier et le plus grand des trouvères, dont il a repris les thèmes, en les enrichissant de tous les trésors de la Renaissance. Enfin aucune devise ne s'applique mieux à Ronsard que celle qui s'inscrit au fronton de la façade nord : Veritas filia temporis. Le temps a fait beaucoup pour illustrer la vérité sur ce grand poète. Après deux siècles de dédain et d'oubli, les Romantiques l'ont réhabilité, mais surtout par ruse de guerre et comme la plus fameuse victime de Boileau. Les Parnassiens l'ont admiré avec plus de discernement, mais n'ont pu le goûter que dans une réédition défectueuse à bien des égards. Aujourd'hui que les travaux d'érudition sont venus s'ajouter à ceux des rééditions exactes, son œuvre nous apparaît en pleine lumière et suscite des admirations enthousiastes. Il est remonté au «trône radieux»

*et nous aimons à penser que dans ce nid de verdure, où
il est né, où il a grandi, où il a été trois ans convalescent,
où il est revenu chaque fois avec joie, entre cette rivière du
Loir et cette forêt de Gastine qu'il a chantées avec tant de
cœur, son âme circule et plane, heureuse de retrouver enfin
les hommages de la grande et de la petite patrie.*

Un dîner intime, et tardif comme on peut le croire, réunit
à la fin de la journée les hôtes du comité de Vendôme. Des
roses décoraient la table, les vins brillaient dans les cristaux.
On ne versa point les roses dans le vin, mais Mme Dussane
récita avec une infatigable complaisance toutes les poésies
de Ronsard qu'il plut aux convives de lui demander. Et c'est
ainsi que la première journée s'acheva, au son des beaux vers.

La vraie édition critique de Ronsard — M. Laumonier sous-
crira le premier à mon dire — c'est le paysage vendomois. Dans
cette édition sans pareille qu'il doit faire bon lire les vers du
poète. Nous voici donc, le lundi matin, partis en caravane pour
ce pays de Ronsard qui est un peu pour nous tous le pays de la
poésie. Mais, sur notre route, un autre Vendomois nous arrête :
Musset qui règne au Gué-du-Loir. Un portail gothique mutilé,
une cour ceinte de hautes murailles, c'est la Bonaventure,
jadis domaine monastique auquel saint Bonaventure aurait
donné son nom (l'aventure est singulière), mais non pas assurément pour que ce nom fut mis dans une chanson à boire.
Quelle belle note à inscrire aux marges d'un Musset : son ancêtre
fut sire de Bonaventure et de Courtoisie et le beau page roman-
tique à la naissante barbe blonde eut pour aïeule cette italienne
Cassandre dont Ronsard avait follement chanté les cheveux
crespelés d'or !

Et de la sorte c'est encore un peu Ronsard que l'on retrouve
ici. Cassandre vint sûrement à la Bonaventure quand les murailles, aujourd'hui toutes couvertes d'un lichen argenté, offraient
encore au soleil l'éclat de la pierre neuve et que cet enclos
dévasté était une cour seigneuriale toute sonnante de vie.

Ronsard y parut-il ? la chose est possible, mais bien hardi
qui se risquerait à l'affirmer. Nous allons le rencontrer plus
sûrement à Croixval.

Un pavillon du XVe siècle s'élève sur une éminence près
de laquelle le souci d'alimenter le moulin proche fit amener un
bras de la Cendrine. C'est le prieuré, maintenant transformé
en ferme, où Ronsard passa ses dernières années. Ah ! le pauvre

logis, aux murs gris, aux ardoises marquetées de mousses!
Mais qu'il reste émouvant, pour nous présenter presque intacts,
dans leur délabrement, la salle et la chambre où vécut Ronsard
vieillissant, l'escalier aux balustres tournés qu'il descendait
chaque matin ! Tout a vieilli, rien n'a changé. Entre ces murs
nus, aucune âme nouvelle n'est venue chasser celle du grand
poète. Sans le savoir, sans le vouloir, par leur pauvreté même,
les humbles tenanciers qui se sont succédés dans cette demeure
ont réussi à sauver ce qu'elle contenait de plus précieux, le
souvenir de Ronsard.

La chapelle du prieuré a disparu voici plus de cent ans.
Mais la cave demeure. Elle est profonde, fraîche, voûtée d'ogives
comme une église. Noble cave, et qui, bien plus sûrement que
les grottes des *Mille et une Nuits*, cachas jadis tant de trésors !

Au bord de son étang mélancolique, Gâtine n'est plus guère
qu'un souvenir. Etait-elle davantage au temps de Ronsard ?
Elle vivra pourtant, comme cette Hélène et cette Cassandre
qu'il a chantées, qu'il a créées plus qu'à demi, et longtemps les
amis des vers évoqueront, en fermant les yeux, ses bois

Dont l'ombrage incertain lentement se remue.

S'il reste des faunes et des nymphes dans ces taillis touffus,
et il doit bien y en avoir encore, tant le poète assurait qu'on en
rencontrait voici seulement trois cent cinquante ans, ils auront
fui au grondement de nos autos. Il faudrait, pour les voir, venir
moins nombreux et moins bruyants. Que M. de Nolhac veuille
bien se laisser conduire là par un beau soir d'octobre, et je
m'engage à lui faire voir, immobile entre les joncs, une silhouette
à la barbiche pointue, mais ce ne sera peut-être qu'un vieux
pêcheur ; une tunique blanche au fond d'un fourré, mais ce ne
sera sans doute qu'un rayon de lune.

Dix mille tours à peine d'un moteur moderne, en somme
quelques minutes, nous voici à la fontaine d'Hélène. Car la
fontaine d'Hélène est retrouvée, et ces lieux charmants se
touchent, Gâtine et le vallon voué « au Père saint Germain qui
garde la contrée ». L'onde sacrée jaillit à cent pas en amont de
Rocantuf. Elle remplit un petit bassin encadré de pierre qui
s'écoule dans un autre bassin plus vaste. Au fond du paysage,
une fuite de prairies, une « coulée, » comme eût dit Ronsard ;
en face de nous un coteau ombragé de noyers. C'est bien la

fontaine d'Hélène. Tout permet de l'identifier : la prée, la planche qu'il faut franchir en venant de Croixval, le saint auquel elle est vouée, son possesseur au XVIᵉ siècle qui était un ami de Ronsard, enfin l'antre ombreux que nous visiterons tout à l'heure (1). Quelle belle occasion d'entendre encore des vers, et ceux-là justement qui furent écrits à propos de cette fontaine ! Mme Dussane récite d'abord les deux sonnets :

> *Il ne suffit de boire en l'eau que j'ai sacrée...*

et

> *Afin que ton honneur coule parmi la plaine...,*

puis, alternant avec M. Roger Gaillard, les belles stances qui, sûrement, n'avaient jamais encore résonné en tel lieu. Ce récit alterné, ce groupe harmonieux, ces dévots de Ronsard qui suivent sur leur livre les vers que dit la grande artiste, tout s'accorde à faire de la minute présente un instant unique, tel que jamais peut-être il ne s'en était rencontré dans notre histoire littéraire.

Montons jusqu'à l'antre dont nous parle le chantre d'Hélène. Il s'ouvre parmi les noisetiers au flanc du coteau qui domine la fontaine. Vaste et sombre comme la nuit, avec sa voûte haute et ses piliers monstrueux qui prêtent à des jeux puissants de lumière, est-ce une bouche de l'Erèbe, ou bien simplement comme le veut Ronsard, un lieu propice au sommeil frère de la mort ? Au fait, il n'y a là qu'une ancienne carrière et le poète le savait bien. Mais à quoi attribuer son goût pour les antres qu'il évoque à chaque page ? Sans doute à des réminiscences antiques ; mais aussi, peut-être, au sentiment obscur de ce que la race vendomoise doit à la roche de ses coteaux, ce calcaire tendre et fin qui lui donna ses maisons de pierre quand ailleurs on ne logeait encore que dans des huttes, ses fruits, ses vins, ses fontaines, jusqu'aux tièdes arômes de ses pentes brûlées, de soleil.

Quand Ronsard ne se sentait pas en sûreté dans son prieuré de Croixval, il se réfugiait dans celui de Saint-Gilles, à Montoire. C'est là que nous le suivons. Le prieuré est au fond d'une impasse bordée de maisons anciennes. La chapelle, du XIᵉ siècle,

---

(1) C'est Mlle Lombard qui a définitivement identifié la fontaine d'Hélène, dans une communication faite à la Société archéologique du Vendomois, le 1ᵉʳ mai 1924.

montre dans sa pénombre de hautes figures peintes sur la paroi, confuses comme si elles étaient toujours enveloppées d'encens, et qui comptent pourtant parmi les plus belles fresques romanes. Le bâtiment d'habitation abrite sous un pignon aigu deux chambres hautes où mène un escalier de pierre. Un jardin étroit l'environne, qui n'a jamais dû sentir le sauvage, mais est bien, dans ce quartier retiré, au bord de cette rivière dormante, l'endroit le plus propre à faire rêver un poète. Cet humble enclos que vingt pas mesurent, enferma jadis Ronsard et sa gloire.

Lavardin est la dernière et brève station avant le retour à Vendôme ; Lavardin, ruine magnifique que Ronsard connut forteresse intacte et puissante et qui lui inspira peut-être quelques beaux vers des *Cariels*.

Pour clore ces deux jours de fête, après la longue course du matin, chacun aspirait, sans trop l'avouer, à une soirée tranquille. Elle fut tout entière remplie par un concert en plein air donné sur la haute terrasse qui domine Vendôme vers le midi et d'où l'on embrasse d'un coup d'œil la beauté du val et de la ville.

Entraîné par son imagination poétique, Ronsard qualifiait de « mont » le tout petit coteau de Rocantuf qui se mire dans la fontaine d'Hélène. A cette plate-forme semée d'arbres, boulevard de l'ancien château pris d'assaut par Henri IV, les Vendomois donnent le nom de « montagne ». Et voilà ce qui fait qu'ils sont tous poètes, comme Ronsard. Ce qu'on entendit donc sur la montagne ce soir-là, ce fut d'abord les œuvres des lauréats du concours. Alors retentirent les grandes strophes lyriques :

> *Vendôme, un jour heureux se lève*
> *Où l'Idéal, l'Amour, le Rêve,*
> *Parmi les bravos triomphants,*
> *Dans la cité fidèle et forte*
> *Comme autrefois servent d'escorte*
> *Au plus noble de tes enfants.*
>
> *Le cours de quatre cents années,*
> *Sur d'autres têtes couronnées*
> *Faisant peser ses dures lois,*
> *Aux noms de Pindare et d'Horace*
> *Ajoute ce nom de ta race :*
> *Pierre de Ronsard, Vendomois.*

et les vers magnifiques :

> *Le grand poète rêve, au seuil de sa maison,*
> *Qu'il enflamme un bûcher au feu d'un seul tison,*
> *Que d'un seul grain d'encens tout l'avenir s'embaume,*
> *Puisque, comme une aurore au virginal frisson,*
> *La gloire de Ronsard rayonne sur Vendôme.*

Ce qu'on entendit encore, ce fut l'orchestre à cordes de M. Dujardin et la CHANTERIE DE LA RENAISSANCE qui, pendant l'hiver, avait révélé aux Parisiens les chefs-d'œuvre inconnus de la musique française au XVI\ siècle. Seulement la célèbre chorale, au lieu de chanter les poésies de Ronsard dans une salle bien close, au bruit des autos roulant dans les rues voisines et de tout le murmure de la grande ville, les fait entendre cette fois en plein air, au milieu d'une nature demeurée telle qu'elle était au temps du poète, sur une belle scène à demi-circulaire et close de ramées dont le frémissement léger accompagne en sourdine.

Sur la plate-forme bordée de ravins, deux mille personnes se pressent pour entendre ces mélodies subtiles et naïves, anciennes et neuves à la fois : anciennes parce qu'elles sont plus de trois fois centenaires, neuves parce que nous ne les connaissons pas, et qu'elles ne ressemblent à rien de ce que nous avons coutume d'entendre ; neuves surtout par cette verdeur, ce goût de sève qui leur est commun avec les vers auxquelles elles sont mariées.

Mais voici que, entre les formes immobiles des tilleuls, d'autres formes apparaissent, vêtues de blanc. Sont-ce les Suppliantes du drame antique, ou bien, dans ce décor sylvestre, Diane chasseresse avec ses compagnes ? Elles envahissent le théâtre, tracent en se jouant des figures qui s'effacent et renaissent, une géométrie fugitive dont les liens se défont à l'instant qu'ils se nouent. Au-dessus d'elles le feuillage compose, d'ombres et de rayons, une trame mouvante. On a placé au milieu de la scène un buste de Ronsard, et le rythme parfait qui mène sur l'herbe leurs pieds dansants est le plus bel hommage au Maître des cadences.

Alors, au fond de la scène, Mme Dussane s'avance lentement dans sa robe de feu qui brille sur les verdures. Elle vient réciter quelques poésies du grand Vendomois, celles que nous savons tous par cœur et qu'il est d'autant plus doux d'entendre de sa

voix experte. C'est l'instant suprême de la fête, l'heure où elle
parvient à une beauté achevée. Tout n'est qu'harmonie, rythme
et cadence : les sons, les voix, les couleurs, la ligne des arbres et
du coteau. Cet endroit, d'ordinaire le plus désert qui soit, dont
les ravins sont des fossés de forteresse et ont vu des assauts
tragiques, est devenu un bois sacré, voué à la mémoire de
Ronsard. Le soleil baisse. Vendôme, au fond de la vallée, repose
dans sa gloire rajeunie, et la tour de la Trinité, familière du
paysage depuis huit siècles, qui se hausse et domine l'esplanade
verdoyante, est le grave témoin d'un triomphe sans pareil (1).

Gabriel PLAT.

(1) Le premier jour des solennités ronsardiennes, tandis que le cortège
officiel se rendait à Couture, un concours de voitures fleuries se déroulait dans les
rues de Vendôme, avec l'aide de la musique municipale, des trompettes du
304ᵉ et des clairons de la Société de gymnastique. Le lendemain soir une fête
de nuit, accompagnée d'un concours de barques illuminées, avait lieu aux Prés-
aux-Chats.

Parmi les membres du Comité vendomois qui ont contribué au succès des
fêtes, il convient de signaler MM. Rolland, Lorcet et Plessier. M. Rolland eut à
s'occuper des logements, des repas et du service de voitures qu'il parvint à
assurer d'une manière impeccable. M. Lorcet, aidé de M. Plessier, organisa, au
milieu de difficultés extrêmes, le concert champêtre qui fut si particulièrement
réussi.

Les hôtes illustres du Comité voulurent bien exprimer de la façon la plus
flatteuse leur reconnaissance pour l'accueil qui leur fut réservé. M. Bédier
assurait en partant que l'Académie française, quand elle arrivera à la lettre H
de son dictionnaire, remplacera l'exemple : *hospitalité écossaise* par l'exemple :
hospitalité vendomoise. Nous retenons le mot et la promesse. La récompense,
pour être lointaine, n'en est pas moins belle :

Nos arrière-neveux nous devront cet honneur.

Le Concours de Poésie

L'idée d'un concours de poésie, à l'occasion des fêtes du
8 et 9 juin, fut émise par M. Robert Barillet dès les premières
réunions du Comité et acceptée par celui-ci qui y vit le meilleur
moyen d'honorer la mémoire du grand poète vendomois.

D'un commun accord, l'on décida que le sujet imposé serait
le suivant : *Ronsard poète vendômois,* et la forme, une des
strophes lyriques employées par le poète dans ses cinq livres
d'odes. Il fut institué cinq prix, l'un de mille francs, le second
de cinq cents, le troisième de trois cents. MM. de Nolhac et
Henry de Régnier, membres de l'Académie française, voulurent
bien accepter de former le jury.

Le nombre des concurrents s'éleva à plus de quatre-vingt-
dix, venus non seulement de France, mais du Canada, de
Syrie et d'Algérie. Il n'y eut pas jusqu'à Monte-Carlo qui ne
risquât quelques rimes d'or à ce jeu de la lyre et du hasard.

A vrai dire, les doigts qui tressèrent ainsi ces guirlandes de
fleurs françaises ou exotiques en l'honneur du grand Vendomois,
n'étaient pas tous également habiles. D'autre part, un certain
nombre de concours remarquables furent écartés des premières
récompenses, soit qu'ils ne serrassent pas d'assez près le sujet,
soit qu'ils ne se fussent pas pliés à la forme imposée, soit, pour

celui d'entre eux en faveur de qui penchèrent les plus doctes suffrages, qu'il eût, par le choix malheureux d'une devise trop transparente, gêné la conscience de ses juges.

Après mûr examen, le jury fit parvenir au comité vendomois le rapport suivant :

Le classement du jury accorde le premier prix à l'ode ayant pour devise : Non fallunt futura merentem.

Le second à l'ode : 'Εν çοί πάντα.

Le troisième à l'ode : Tibi lilia plenis ecce ferunt nymphae calathis.

Mettant à part l'ode pindarique qui mérite une mention particulière, le jury désigne comme dignes de mentions un certain nombre de poèmes et propose que, lorsque les enveloppes seront ouvertes à Vendôme, la liste en soit établie par ordre alphabétique des noms d'auteurs.

Le jury a dû écarter certains poèmes de grand mérite qui ne lui ont pas paru assez directement inspirés par le texte du sujet : l'Eloge du Vendomois. *Il leur a néanmoins réservé une place parmi les mentions du concours.*

L'ode pindarique qui a pour devise : Nuper Leo *a été particulièrement remarquée par l'ampleur de son souffle et la virtuosité de sa facture. La mention spéciale qui lui est décernée la signalera à l'attention des lettrés curieux de voir ce qu'un poète moderne peut exécuter en s'inspirant étroitement des formes de pensée et de la technique de Ronsard dans sa jeunesse.*

Un autre poème d'excellente exécution a dû être exclu du concours, le Chant royal, dont il a pris la forme n'étant pas au nombre des poèmes à forme fixe utilisés par Ronsard.

Nous ne considérons pas qu'il y ait entre les deux pièces classées en tête une différence sensible de mérite. Il serait parfaitement légitime de ne décerner aucun premier prix, mais trois prix égaux avec un quatrième dont pourrait bénéficier un autre concurrent.

En conséquence, et considérant que le jury, après un premier examen avait estimé « *qu'il lui était difficile de proposer un écrivain pour l'attribution d'un prix aussi important que celui de mille francs* », le Comité vendomois décida de partager le premier prix entre les deux premières pièces, et d'attribuer le prix de trois cents francs à la pièce : *Nuper Leo.*

D'autre part, un prix hors série de deux cents francs ayant

été créé par l'*Association des anciens élèves du lycée* sur l'initiative du président, M. Derouin, il fut décidé d'attribuer ce prix au *Chant royal*.

Le palmarès se trouva dès lors établi ainsi qu'il suit :

Premier prix *ex œquo* :

M. Alfred LE ROUX, de Paris (*Non fallunt futura...*).

M. Jacques VAUNOIS, de Villefranche-sur-Cher ('Εν ζοί πάντα).

Troisième prix :

M. LAFARGUE, de Paris (*Tibi lilia...*).

Quatrième prix :

M. Noël de la HOUSSAYE, de Blois (*Nuper Leo*).

Prix hors série :

M. Fernand MARTIN, de Paris.

Mentions :

MM. P. Andrieux, d'Orléans ; le chanoine Augereau, de Blois ; Dr Bouyer, de Saint-Robert (Isère) ; Gobert, de Blois ; André Jurenil, de Denain (Nord) ; Jean Marc, de Toulouse ; Mlle Elisabeth Magnin, d'Aurec (Haute-Loire) ; Henri Menuelle, de Paris ; Noël Nouet, de Paris ; René Puaux, de Paris ; Jacques Touraine, de Tours ; Maurice Vallette, du Mans ; Louis Vaunois, de Paris.

Ronsard, poète vendomois

Premier prix ex-æquo : M. Alfred Le Roux,
chef de bureau au ministère des colonies

VENDOME un jour heureux se lève
Où l'idéal, l'amour, le rêve,
Parmi les bravos triomphants,
Dans ta cité fidèle et forte
Comme autrefois servent d'escorte
Au plus noble de tes enfants.

Le cours de quatre cents années
Sur d'autres têtes couronnées
Faisant peser ses dures lois,
Aux noms de Pindare et d'Horace
Ajoute ce nom de ta race :
Pierre de Ronsard, vendomois.

L'âme éprise de gloire antique
Dans un grand élan poétique
Il osa, lui nouveau venu,
Réformant tout, métrique et modes,
Au rythme palpitant des odes
Tracer un sentier inconnu.

Même avant l'aube qui va naître,
Ses pairs l'acclament pour leur maître,
Pour capitaine de combat,
— Baïf, la Péruse, Jodelle,
Du Bellay — brigade immortelle
Formée aux leçons de Dorat ;

Ah ! cette fougue de jeunesse,
Cette ardeur, cette sainte ivresse,
Cette foi dans les lendemains...
Devant ce superbe délire
La Cour s'étonne — hésite — admire
Et la sœur du roi bat des mains !

Sois fière, ô Muse de Gastine,
L'amant de ta forêt divine,
Ton pieux aéde est vainqueur ;
Chaste Nymphe de Bellerie,
Redis, pour lui dans ta prairie
L'hymne qui fut cher à son cœur.

Vous aussi, sa joie et sa peine,
Vous, Cassandre, Marie, Hélène
Qu'il sauva de l'oubli des jours,
Et qui, plus belles que l'aurore,
Régnez, par ses vers, près de Laure,
Aux jardins des grandes amours,

Prenez les fleurs de vos couronnes,
Muguets, pervenches, anémones,
Répandez-les sur son chemin ;
Puis, doux hommage, où toute trace
De vos anciens dédains s'efface,
Posez vos lèvres sur sa main.

Et toi, qu'il aima tant, ô France,
Souffrant de ta propre souffrance,
Vibrant d'orgueil à tes succès,
Redonne à son ombre ravie
Ce titre qu'il eut dans sa vie :
« Prince des Poètes français ».

Tu dois cet honneur à sa cendre :
Oubliant Marie et Cassandre,
Tu le vis élever la voix
Et, tout ému de tes misères,
En de longs poèmes austères
Dicter leurs devoirs à tes Rois...

Mais s'il pleura sur la patrie
Par ses fils eux-mêmes meurtrie,
S'il maudit un duel fatal,
Souvent aussi d'un seul coup d'aile,
Son âme, colombe fidèle,
Retournait au pays natal :

Sol qui façonnas son génie
Et dont la prenante harmonie
Fit naître ses premiers émois,
Lorsqu'à la terre paternelle,
Il promet la gloire éternelle
C'est toi qu'il chante, Vendomois !

Ce sont tes prés et tes fontaines,
La fertilité de tes plaines
Et les vignes de tes coteaux,
Les antres taillés dans ta roche
Et la source qui, toute proche,
Se multiplie en frais ruisseaux ;

Ce sont les courbes vagabondes
De ton beau Loir, aux eaux fécondes,
Mouvant miroir de tes hameaux ;
Et c'est le rire des bergères
Qui, des collines bocagères,
Répond aux aigres chalumeaux ;

C'est le village de Couture,
Caché sour la haute verdure
Où, par les printemps radieux,
Les Satyres, les Oréades,
Les Ægypans et les Dryades
Dansaient follement sous ses yeux ;

Au château de la Possonière,
C'est la porte au fronton de pierre
Dont ses pas ont touché le seuil,
Berceau des siens que sa pensée
Harmonieuse et cadencée
Exale avec un tendre orgueil ;

C'est le Prieuré de Montoire
C'est Croixval, où, las de la gloire,
Il aimait, au premier matin,
Baigner ses fleurs d'une eau limpide,
Nous enseignant — avant Candide —
A cultiver notre jardin...

Sol natal, ce sont tes vallées,
Ton ciel bleu, tes nuits étoilées,
Le charme et la paix de tes bois,
Dons généreux faits à son âme,
Très purs éléments d'une flamme
Qui monte vers toi, Vendomois !

Et puisque l'œuvre du poète,
Tel un lac profond, te reflète,
Paysage d'amour et d'art,
Laisse nos voix unir encore,
Dans une strophe qui l'honore,
Ton nom au beau nom de Ronsard :

Un Dieu jaloux peut à Saint-Côme,
Nous cacher ses cendres...Vendôme
Où tous les cœurs lui sont soumis,
Devant la foule qui s'est tue,
Fleurit, à jamais, sa statue
Du vert laurier qu'il s'est promis.

Le retour de Ronsard

*Premier prix ex-æquo : M. Jacques Vaunois,
ingénieur agronome, à Villefranche-sur-Cher*

*MIGNONNE allons voir si Vendôme
Mire toujours ses toits de chaume
Dans les ondes du Loir profond.
Retournons une fois dernière
Contempler à la Possonière
L'ombre que les peupliers font.*

*Je vous aime, ô tendre patrie,
Plus que toutes choses chérie,
Plus que mon art, plus que l'amour,
Car chez vous j'ai connu les Muses,
Et le Dieu duquel tu t'amuses,
Cassandre, a ces prés pour séjour.*

*O campagnes élyséennes,
Vos beautés n'ont pas rendu vaines
Les douceurs de mon Vendomois.
Je n'ai pas, amant infidèle,
Oublié près de l'asphodèle
Le lieu de mes premiers émois.*

*Vous voici ! terre fortunée,
Terre où prit cours ma destinée,
Rochers, bois, sources et vallons
Antres où la verte lambruche
Conserve aux avettes leur ruche
En la dérobant aux frelons.*

Salut surtout, rivière belle,
Mon Loir, auprès de qui Cybèle
Déroule ses tons éclatants,
O Loir, rivière tant aimée,
Rivière dont la renommée
Bravera grâce à moi le temps.

Calme vallée harmonieuse
Terre du Saule et de l'Yeuse,
Clair paysage aérien,
Ciel léger qu'un arbre dentelle,
Je vous dois mon œuvre immortelle,
Sans vous la gloire ne m'est rien.

Comme tout est resté semblable !
J'aimais, auprès d'une humble table,
Déguster un nectar divin.
Du Bellay n'en voulait rien croire
Quand je proclamais le Montoire
Meilleur que le vin angevin !

Chères visions maternelles !
Je revois les mêmes tonnelles
Et la vigne sur les coteaux.
France à la fois grecque et latine... !
Las ! les meurtriers de Gâtine
N'ont point cessé leurs coups brutaux.

Rien n'a changé. Toujours la Braye
Murmure à travers l'oseraie,
Un peu plus vive que mon Loir ;
Et je sens entrer en mon âme
Qui vibre, mollit ou s'enflamme,
Les mêmes tendresses du soir.

Qu'importent le temps et la tombe !
Il faut, pour que mon nom succombe,
Que s'écroule aussi l'univers.
J'ai tant chéri cette contrée,
Mon œuvre en est si pénétrée
Que vivront comme elle mes vers.

On dira que Ronsard fut sage
En saisissant le paysage
Et le transportant dans son art.
L'image sera familière :
Comme au chêne est uni le lierre,
On dira : Vendôme et Ronsard.

O mon Vendomois, o Couture,
Par vous j'ai compris la nature,
J'ai tout aimé, cueilli, chanté.
J'ai pris vos fleurs, et d'une rose,
Hier fraîche, aujourd'hui déclose,
J'ai parfumé l'éternité.

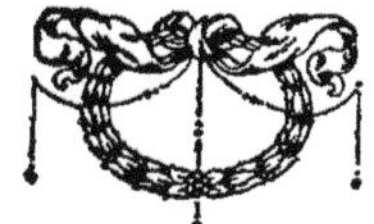

ODE

*aux jeunes filles de Vendôme
pour qu'elles aillent récitant Ronsard au bord du Loir*

> ... tibi lilia plenis
> Ecce ferunt nymphœ calathis...
> VIRGILE.

QAND l'arbre blanc de fleurs scintille,
  Allez, o belles jeunes filles
  De Vendôme, les doigts liés
L'une à l'autre, ou portant lauriers
Ou bien, tout fraîchement écloses
Au jour de mai, nouvelles roses
Allez, dansant sur vos beaux pieds.

Par ses récentes marguerites
Le pré vert aux jeux vous invitent ;
Les peupliers, nouveaux dorés
De tendres branches sont parés,
Profitez de jeune verdure ;
Jamais un bonheur trop ne dure,
Ni l'aubépine dans les prés.

Toi, ainsi que Cassandre blonde,
Danse un moment près de cette onde
Et, que tes tresses dénouant
Leur or, roulent sur ton cou blanc
Et que tes seins, beauté jumelle
Où la jeunesse se révèle,
Gonflent, quand tu parais volant.

Et toi qui sembles à Marie
De Ronsard la gentille amie,
Auprès du Loir danse à ton tour
Pour fêter mai, temps de l'amour ;
O toi, portrait d'Angevine
Pour qui Ronsard quitta Gastine ;
Le beau temps passe et puis l'amour.

Et toi qui, belle comme Hélène,
Peux répandre plaisir et peine
Et qui seulement d'un baiser
Peux un mal cruel apaiser,
Danse aussi sous ces verts ombrages
Où le Loir mène ses rivages ;
Là Ronsard vint se reposer.

Puis, arrêtant près d'une source
Vos jeux, vos rires, votre course,
A la limite de ce bois,
Chantez de votre jeune voix,
En répandant des fleurs sur l'onde
Sortant d'une grotte profonde ;
Chantez des vers du Vendomois.

Jadis quand la chaleur première
Lui faisait fuir grande lumière,
Ayant marché bien au hasard,
Quand le soleil de toute part
Dore les fleurs de la prairie,
Ici, pour Cassandre ou Marie
Ou Hélène chantait Ronsard.

Dites ses vers, quand la lumière
Qui ne meurt pas, couvre la terre ;
Dites les, quand sur le sommet
De l'arbre vert, au mois de mai
La tourtourelle est roucoulante,
Et, lorsque la saison plaisante
Vous dit : « Bientôt il faut aimer. »

Par votre voix faites renaître,
Quatre siècles passant, le maître
Dont immortel est le pur chant.
Que son vers sonne dans ce champ
Grâce à votre voix printanière
Sur la jonquille et sur le lierre
Qui sur la source va penchant.

Car, si son ombre se recrée
Sous les myrtes, dans la contrée
D'où l'on ne revient pas souvent,
C'est que, laissant aller au vent
Votre gaîté, votre jeunesse,
Chacune, ainsi qu'une Déesse,
De vous, de Ronsard dit un chant.

Ce fut presqu'un Dieu, plus qu'un homme
Qui naquit au ciel de Vendôme ;
Et c'est par vous, qui, dans ce jour
Récitez ses beaux vers d'amour,
Que peut encor, sous la vesprée
Où fleurit la terre pourprée,
Ronsard venir dans ce séjour.

Ainsi la source Bellerie
Résonnait d'un vers à Marie,
Quand Ronsard, de la France, honneur,
Et de Vendôme le chanteur,
Chantait, comme ce jour vous faites,
Par ces jours de rustiques fêtes,
Avant les mois de la chaleur.

Le rossignol sa voix élève
Et puis se tait ; la vie est brève ;
Et la rose du Vendomois
On ne la cueille qu'une fois ;
Mais la poésie immortelle
A chaque mois de mai se mêle.
— Chantez Ronsard, à pleines voix!

Chant royal

SIRE, vous me comblez d'honneurs ; mais je vous prie
De songer qu'à la cour je vis depuis vingt mois.
Or voici le printemps, sa grâce et sa féerie ;
Il m'attend loin de vous ; je suis du Vendomois. »
Et Charles Neuf sourit ; et d'un signe de tête
Il exauça le vœu formé par le poète.
« Pars, lui dit-il ; ma cour n'est pas une prison.
Pliant sous tes lauriers recueillis à foison,
Tu seras comme un roi rentrant dans son royaume.
Va revoir à ton gré l'adorable saison :
La gloire de Ronsard rayonne sur Vendôme. »

Est-ce donc pour cela que la route est fleurie
Depuis qu'au point du jour il est sorti de Blois ?
Il chevauche ; il connaît le val et la prairie,
Les manoirs, les clochers et les sentiers des bois.
Il sait que par delà cette dernière crête
Les peupliers du Loir lui masquent sa retraite.
Des roses lui dédient le parfum qu'elles ont ;
La tour de Lavardin, debout à l'horizon,
Dresse dans le couchant son torse de fantôme ;
Et, rajeunie avec la jeune floraison,
La gloire de Ronsard rayonne sur Vendôme.

S'il advient qu'une femme en passant lui sourie,
Son cœur hésite encore à renaître une fois.
Il a chanté Cassandre, il a pleuré Marie ;
Bientôt le nom d'Hélène attendrira sa voix.

Mais un plus grand amour, dans son âme distraite,
Combat le souvenir des beautés qu'il regrette.
Rien ne respire ici dédain ni trahison ;
La forêt de Gastine a toujours sa toison,
Et parce qu'il s'égare à l'ombre de son dôme
En adressant aux dieux sa sereine oraison,
La gloire de Ronsard rayonne sur Vendôme.

D'illustres compagnons coudoient sa rêverie.
La Grèce antique et Rome, en cet exil de choix,
Rafraîchissent leur lèvre aux eaux de Bellerie
Dont le cristal fuyant scintille entre les doigts.
Homère est là, pensif ; et le zéphir s'arrête
Quand soupire le luth du divin interprète.
Virgile emprunte au soir une comparaison ;
Et les chœurs de Pindare effleurent le gazon ;
Et lorsqu'une courónne à l'immortel arôme
Est ceinte par la Muse à son beau chef grison,
La gloire de Ronsard rayonne sur Vendôme.

Qui sait les visions dont son âme est nourrie ?
Voit-il donc approcher, rimant selon ses lois,
Ceux qui seront un jour l'orgueil de la patrie
Et salueront en lui l'ançêtre aux purs exploits ?
Son doux pays natal semble un berceau qu'il prête
Aux enchanteurs à qui la France fera fête.
Le grand poète rêve au seuil de sa maison,
Qu'il enflamme un bûcher au feu d'un seul tison,
Que d'un seul grain d'encens tout l'avenir s'embaume,
Puisque, comme une aurore au virginal frisson,
La gloire de Ronsard rayonne sur Vendôme.

ENVOI

O Ville, ta fierté célèbre avec raison
Ton chantre séculaire. Aucun diapason
Ne peut porter trop haut les accents de ton psaume.
Ainsi qu'un astre d'or fixé dans ton blason,
La gloire de Ronsard rayonne sur Vendôme.

De l'ode pindarique qui obtint le quatrième prix et que le
jury loua en termes si flatteurs, nous ne pourrons, faute de
place, citer que quelques strophes qui permettront au lecteur
de juger de « la virtuosité éclatante » dont fait preuve M. Noël
de La Houssaye.

STROPHE I

Pasteurs du ciel, rois des nuées,
Dont les brebis en habits blancs,
Ventre à ventre opposant leurs flancs,
Chargent, laineuses de nuées,
De jour en jour diminuées,
Le cours des fleuves indolents,
Dieux errants, trève à vos voyages !
Loin d'ici vos brumeux sillages !
Gardez vos troupeaux de nuages ;
Ne pleuvez pas sur ce coteau ;
Que la coupole s'ensoleille,
Que le raisin rie en la treille,
Que le Loir soit gaillard et beau,
D'antan le maître se réveille,
Ronsard bondit hors du tombeau.

ANTISTROPHE

Chœur Lernéen, rouges Thyades,
Thyrse en main, jaillissez du sol ;
De pampre enrubannez son col
Et laurez son front, ô Ménades !
Et vous, d'azur et d'or, Pléiades,
Guidez mon Pégase en son vol ;
Qu'en moi l'ivresse se déploie,

Veuve de soin, riche de joie ;
Qu'un délire en ma gorge aboie
Et que ma strophe, l'aile en feu,
Dérobant le rythme à la terre,
Par delà l'orbe planétaire,
Où l'Olympe tend son dais bleu,
Rejoigne au pays du tonnerre
L'aède dont on fait un dieu.

. . . .

STROPHE VII

Sa nuque porte le bandeau
Qu'en son vivant, devant qu'il parte
Vers ceux d'Athène et ceux de Sparte,
Lui vouaient Jodelle et Belleau ;
Ce vert laurier, léger fardeau,
Grandit sa tête qu'il écarte ;
Mon bel ancêtre originel,
Tu ris d'un rire paternel :
Un dieu n'est pas moins solennel !
Quand Atropos trancha ta vie,
Ce fut là ton plus beau matin,
Car tout l'Olympe, au ciel latin,
Vers la table ou Zeus le convie,
Voulut qu'au cratère argentin
Tu busses l'aigue de survie

. . . .

EPODE

Du coup ton poing vacilla ;
De la grand' coupe irisée
S'épancha quelque rosée
Que l'éther éparpilla.
Tombez, tombez, vagabondes,
Sans cesse à travers les mondes
Sur les lèvres infécondes
Qui, depuis quatre cents ans
Espérant votre dictame,
Vont incarner la grande âme
Des aèdes bienfaisants

. . . .

ANTISTROPHE

Carillonnez, cloche soumise !
Heurte, bourdon, ta cavité !
Qu'en sa flèche la Trinité
De Vendôme le tympanise !
Dominez donc sa surdité
Puisqu'il entre en Terre promise...
Nous boirons l'ardente liqueur
Par les Immortels bue en chœur ;
Nous boirons le sang de son cœur.
Et, devant que cette vesprée
Soit du char solaire empourprée,
Nous le verrons sur ces arpents,
Veillé des Faunes gallicans,
Harpeur de Francus et d'Astrée
Mener le bal des Ægipans.

EPODE

Entendez-vous, citadines,
Citadins, entendez-vous
Ces grelots dans les ravines,
Ces charrois dans les cailloux ?
Çà, la tour de la Possonnière,
Déploie au vent ta bannière !
Car, berline limonière,
Quatre roues mordent ta cour :
C'est ton vieux maître qu'on sonne,
C'est la Brigade en personne,
Qui carole tout autour !
. . . .

Achevé d'imprimer

le

six décembre mil neuf cent vingt quatre

sur les presses de

LAUNAY & FILS, A VENDOME

launay
&
fils

www.ingramcontent.com/pod-product-compliance
Ingram Content Group UK Ltd.
Pitfield, Milton Keynes, MK11 3LW, UK
UKHW022101070726
13613UKWH00002B/893